Mario Persiani

Ti legherò a me per sempre

Mario Persiani

Ti legherò a me per sempre

Percorso di accompagnamento dei fidanzati al sacramento del matrimonio

Edizioni Sant'Antonio

Imprint

Cover image: Mario Persiani

Publisher:
Edizioni Accademiche Italiane
is a trademark of
International Book Market Service Ltd., member of OmniScriptum Publishing Group
17 Meldrum Street, Beau Bassin 71504, Mauritius

Printed at: see last page
ISBN: 978-613-8-39128-9

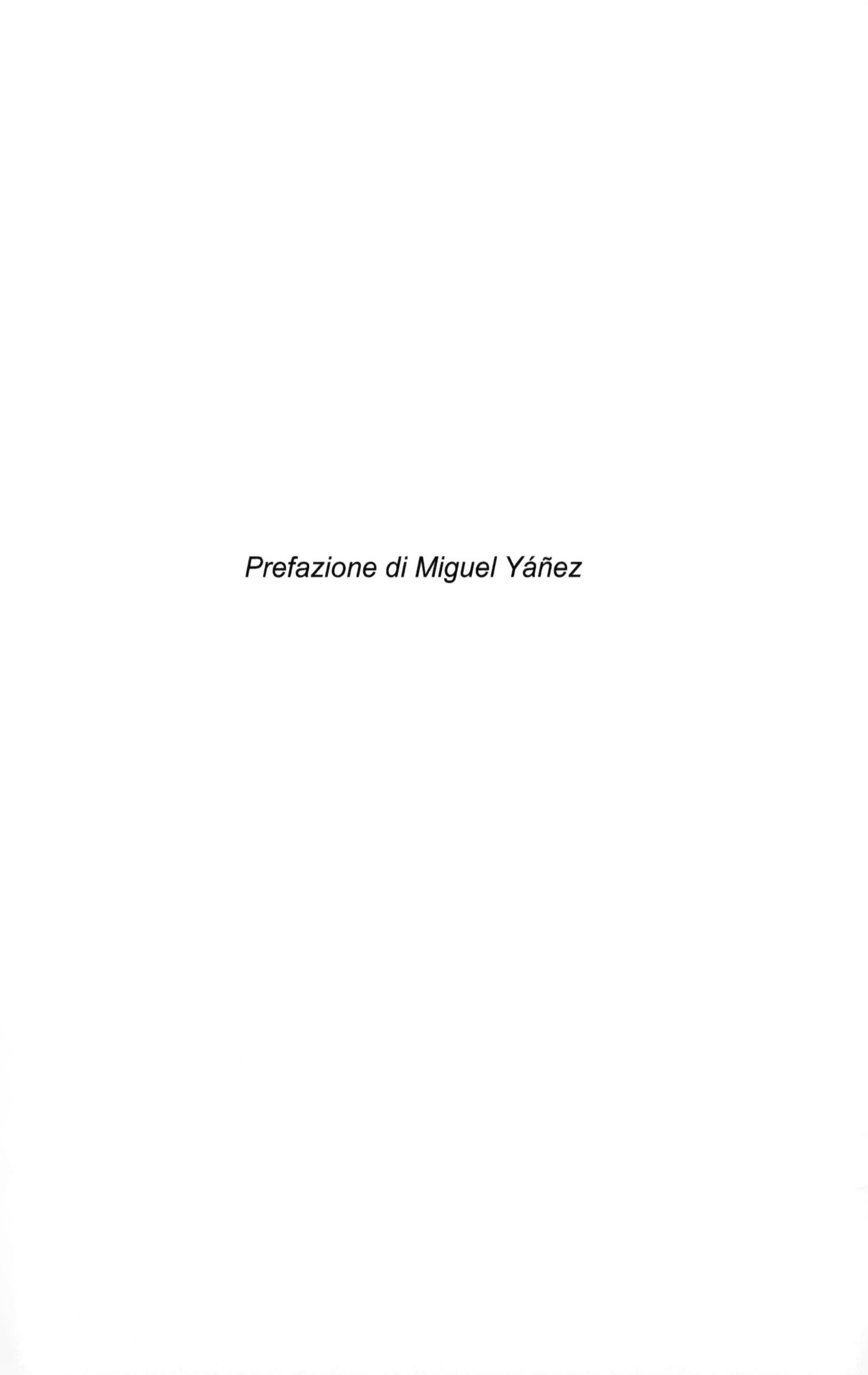

Prefazione di Miguel Yáñez

A mia moglie Maria,
con la quale condivido
il cammino di santificazione
nel matrimonio

Il presente sussidio è frutto sia dell'impegno pastorale condiviso con mia moglie in alcune parrocchie della diocesi di Roma, che di uno specifico percorso di formazione teologica presso la Pontificia Università Gregoriana offerto attraverso il *Diploma di Teologia pratica con specializzazione in pastorale familiare*.

Il mio ringraziamento va quindi a Don Humberto Gomez e a Padre Antonio Di Tuoro, che coinvolgono me e mia moglie nell'accompagnamento dei fidanzati al matrimonio.

Un sentito grazie a Don Faustin Mundendi Kankanga per il suo profondo ascolto e il suo incisivo contributo nella condivisione di questa proposta pastorale nel corso di questi ultimi anni.

Un particolare ringraziamento a Padre Miguel Yáñez per l'impegno che da anni porta avanti in Gregoriana a sostegno della riflessione teologica sulla famiglia. La frequenza del percorso formativo da lui attivato con il corso per il *Diploma di Teologia pratica con specializzazione in pastorale familiare* mi ha consentito di vivere una fruttuosa e qualificante esperienza di studi nell'Università Gregoriana insieme a presbiteri, suore, laici e coppie di sposi.

Grazie, infine, a Paola e Paolo, Marta e Andrea, Silvia e Antonio, Marisa e Edoardo, Valentina e Marco, Giusy e Mimmo, Stefania e Gabrio, Luciana e Antonio, Paola e Vincenzo, Giulia e Roberto che affiancano me e mia moglie Maria in questo percorso di accompagnamento dei fidanzati.

MARIO PERSIANI

PREFAZIONE

Il magistero di papa Francesco, contenuto nell'Esortazione apostolica *Amoris laetitia* e nelle sue catechesi durante i sinodi straordinario e ordinario sulla famiglia, ha dato una spinta notevole alla pastorale familiare che il Dipartimento di Teologia morale della Pontificia Università Gregoriana ha voluto accompagnare con lo studio e la ricerca, offrendo diverse iniziative tra cui il Diploma in teologia pratica con specializzazione in pastorale familiare.

Mario Persiani è stato il primo studente a completare l'itinerario formativo nel quale ha avuto sua moglie, Maria Cruciani, tra i docenti, condividendo con lei, oltre all'esperienza coniugale e familiare, l'impegno nella pastorale familiare in alcune parrocchie.

Mi è gradito presentare il suo progetto per il conseguimento del Diploma che raccoglie il meglio delle conoscenze che i docenti hanno dato e il meglio della sua esperienza di marito, padre e operatore pastorale, che vuole condividere con altri operatori pastorali impegnati nello stesso solco della vigna del Signore, cioè nella pastorale familiare, e in modo particolare con le coppie di fidanzati.

Uno degli spunti che l'*Amoris laetitia* evidenzia è la necessità del protagonismo delle famiglie nella pastorale familiare e non solo, ma in tutta la pastorale della Chiesa, Popolo di Dio. Mario e Maria ne sono protagonisti già da anni, sempre sotto la guida del loro parroco e integrati nella pastorale diocesana, offrendo un contributo insostituibile che oggi si rende disponibile.

Infatti, il progetto è nato dalla base, dal loro contatto con la realtà delle famiglie in una comunità concreta, ed è frutto di anni di esperienza pastorale e di vita di fede, aperta alle spinte della società in evoluzione che sollecita a cercare sempre di nuovo forme diverse di risposta e di proposta del Vangelo della famiglia.

Il settore al quale il progetto presentato vuole rispondere è l'accompagnamento delle coppie in procinto di celebrare il sacramento del matrimonio. Oggi più che mai abbiamo bisogno di attirare i giovani alla prassi sacramentale e alla vita di fede in comunità, mostrando la bellezza del matrimonio cristiano alla quale la maggioranza dei battezzati sicuramente è chiamata. Mario Persiani offre un percorso formativo che integra i diversi aspetti della vita di coppia e li integra nella vita di fede personale condivisa all'interno dell'amore coniugale.

Non mi resta che augurare al lettore una proficua lettura che trovi utile per la propria vita coniugale, familiare e per l'eventuale attività pastorale.

Miguel Yáñez, S.J.
Direttore del Diploma in Teologia pratica con specializzazione in Pastorale familiare
Pontificia Università Gregoriana

PRIMA PARTE

LINEE GENERALI DEL PROGETTO

1. Destinatari

Destinatari del percorso sono le coppie di fidanzati in procinto di celebrare il sacramento del matrimonio, pertanto il contesto è la preparazione prossima al matrimonio.

2. Analisi d'ambiente

Il **territorio** è quello di una parrocchia della Diocesi di Roma ubicata in zona semiperiferica a ridosso del centro storico a est della capitale e specificatamente la Parrocchia di Santa Caterina da Siena Dottore della Chiesa, nel quartiere Appio-Latino che dista circa un chilometro in linea d'aria dalla Basilica di San Giovanni in Laterano.

L'**ambiente sociale** è caratterizzato da una popolazione di livello socio-culturale medio-alto. Negli anni precedenti, a causa dell'innalzamento delle quotazioni di mercato degli immobili, si è avuto un generale invecchiamento della popolazione residente, in quanto i giovani sono stati costretti a cercare casa in zone più accessibili per le loro disponibilità finanziarie.

A seguito della recente prolungata crisi economica, che ha investito anche il mercato immobiliare, i prezzi delle abitazioni sono diminuiti e c'è stata, quindi, un'inversione di tendenza con il ritorno di giovani coppie nella zona, dimostrato anche dall'aumento in Parrocchia delle iscrizioni al catechismo dei loro figli.

L'attuale popolazione residente quindi è costituita oltre che da una considerevole presenza di pensionati (quasi il 50% dei residenti), che usufruiscono di assegni statali mensili significativi in quanto persone andate in pensione con l'applicazione più favorevoli del sistema retributivo anziché quello penalizzante ora applicato del contributivo, anche da persone in età lavorativa molti dei quali (il 25%) sono giovani con figli piccoli con presenza anche di molte coppie giovani appena sposate. Si tratta in maggioranza di lavoratori del terziario, e specificatamente impiegati statali (ministeriali, insegnanti, magistrati e altre attività amministrative degli organi dello stato in genere) o impiegati privati (servizi assicurativi e bancari, attività commerciali, gastronomia, turismo, trasporti, servizi avanzati nel campo dell'informatica, consulenza legale, fiscale, medica e tecnica).

3. Finalità

- Accompagnare le coppie di fidanzati a una celebrazione consapevole del sacramento del matrimonio affinché si sentano parte integrante del popolo di Dio. Papa Francesco in *Amoris laetitia* al n. 297 afferma: «Si tratta di integrare tutti, si deve aiutare ciascuno a trovare il proprio modo di partecipare alla comunità ecclesiale».

- Creare attorno alle coppie dei fidanzati un clima accogliente affinché percepiscano la maternità della Chiesa che accompagna i suoi figli in un cammino di maturazione graduale[1].

---

[1] Cfr. G. GATTI, «Progressività dello sviluppo morale e pedagogia di gradualità», in ID., *Educazione morale, etica cristiana,* LDC, Leumann 1994, 71-85; G.L. BRENA,

- Promuovere la formazione delle coscienze piuttosto che trasmettere regole (cfr. AL 37)[2], stimolando l'apprezzamento del messaggio cristiano sul matrimonio affinché le coppie possano compiere le scelte della loro vita coniugale cercando di incarnare i valori di Cristo[3].

4. Situazione di partenza

La quasi totalità delle coppie che chiedono di celebrare il sacramento del matrimonio convive e qualcuna è in attesa del primo figlio o ha già un figlio.

La formazione cristiana delle coppie risale per lo più alla preparazione ai sacramenti dell'iniziazione cristiana.

Il 90% delle coppie risulta essere credente non praticante.

Attribuiscono l'allontanamento dalla pratica religiosa al ritmo frenetico del vivere quotidiano attuale.

La maggior parte di loro ha conservato una vita di preghiera basata sulla recita delle orazioni più popolari.

5. Obiettivi finali del percorso di accompagnamento

- favorire l'acquisizione della coscienza del mistero che ogni coppia vive come luogo di inabitazione della Trinità (cfr. AL 314);

«Misericordia e verità», in A. SPADARO, *La famiglia ospedale da campo*, Queriniana, Brescia 2015, 135-148.

[2] Cfr. H.M. YÁÑEZ, *Il discernimento morale*, Dispense del Professore.

[3] Cfr. S. BASTIANEL, «Coscienza: autonomia e comunità», in ID., *Moralità personale nella storia. Temi di morale sociale*, Il Pozzo di Giacobbe, Trapani 2011, 233-248; ID., «Libertà e responsabilità nella vita familiare», in ID., *Moralità personale nella storia. Temi di morale sociale*, Il Pozzo di Giacobbe, Trapani 2011, 249-269.

- stimolare la maturazione della capacità di percepire la presenza di Cristo nella loro storia (cfr. AL 15);

- promuovere la consapevolezza che l'amore che unisce una coppia è lo spazio in cui il Risorto desidera abitare (cfr. AL 317);

- aiutare a vivere la celebrazione del sacramento del matrimonio come una scelta in cui Cristo viene accolto come fonte dell'amore che li unisce (nel matrimonio cristiano *ci si sposa in tre*);

- avviare la coppia a confrontarsi con i valori portati da Cristo nelle proprie scelte quotidiane;

- incoraggiare la partecipazione attiva della coppia alla vita della Chiesa.

6. Progettazione degli incontri

6.1 *Tempi*

Il percorso formativo si articola in otto incontri serali della durata di due ore circa, a cadenza settimanale, e un ritiro spirituale al termine del percorso.

Il periodo dell'anno nel quale è collocato il percorso è gennaio-marzo così da consentire alle coppie, che hanno programmato il matrimonio nel corso dell'anno, di avere in tempo utile il certificato di frequenza del percorso di accompagnamento, necessario per poter celebrare il sacramento del matrimonio.

6.2 *Équipe formativa*

Un sacerdote e una coppia di sposi (coppia guida) coordinano tutti gli incontri e il ritiro finale.

In ciascuno degli incontri, oltre al sacerdote e alla coppia guida, partecipano anche una o più coppie di sposi invitate a intervenire per presentare la loro testimonianza sul tema oggetto dell'incontro.

6.3 *Metodologia*

Esperienziale e interattiva

Il percorso, per espressa direttiva del Parroco, predilige un approccio *esperienziale* ai temi trattati e dunque l'adozione di una prospettiva *dal basso*, dalla realtà incarnata anche nella sua complessità e nella sua fragilità.

A partire dall'esperienza, si individua, attraverso una lettura cristiana della vita di coppia, l'azione della grazia. La convinzione di fondo di tale metodologia è che Cristo si rende presente nell'amore della coppia attraverso le vicissitudini dell'esistenza coniugale.

Il dato naturale, letto in una prospettiva cristiana, mostra in trasparenza la presenza dell'amore trinitario. In particolare, il dono reciproco rende operativo il sacrificio sostitutivo di Cristo, sanando ed elevando l'esistenza coniugale.

Lo svolgimento degli incontri prevede l'*interazione* con tutti i partecipanti. Si cerca di evitare di ridurre l'incontro a una mera lezione frontale favorendo il coinvolgimento diretto delle coppie di fidanzati (e, come di vedrà, anche dei loro genitori) che vengono sollecitate a interagire con il sacerdote e con le coppie che animano i diversi incontri.

SECONDA PARTE

PROGETTAZIONE DEGLI INCONTRI

1. 1° INCONTRO

Tema: ***La gioia dell'incontro è dono di Dio: è Lui che ci ha fatto incontrare***

La Parola di Dio: *«Dove sono due o tre riuniti nel mio nome, io sono in mezzo a loro»* (Mt 18,20).

L'incontro di una coppia non è frutto del caso, ma di un progetto di Dio. La scelta di condividere l'esistenza e di celebrare il sacramento del matrimonio è la risposta a una vocazione. In quanto chiamata di Dio a vivere l'amore, la vocazione è propria di ogni scelta di vita, dunque non è riferibile solo al sacerdozio e alla vita consacrata, ma anche al matrimonio.

La coppia che vive una relazione d'amore, fin dall'inizio della propria storia, si muove nell'orbita di Dio che è amore e che nella coppia umana ha impresso la sua immagine, rendendola una realtà sacra fin dalla creazione.

Animatori

Sacerdote + coppia guida + tutte le coppie che nei diversi incontri porteranno la loro testimonianza.

Situazione di partenza

I fidanzati che si presentano per la preparazione prossima al sacramento del matrimonio considerano la formazione di una coppia per lo più come un *accadimento* che riguarda semplicemente i due che si incontrano, mentre Dio viene coinvolto dalla coppia nella propria relazione solo quando, nel decidere di sposarsi, si sceglie il matrimonio cristiano. In quest'ottica Dio interviene solo in un secondo momento e non è dunque percepito come presente fin dall'inizio, tantomeno prima dell'incontro come *regista* dell'incontro stesso.

La realtà del legame che unisce una coppia è vista come una realtà profana e non come una realtà che si muove già nell'ambito della grazia.

Svolgimento dell'incontro

Il sacerdote invita tutti i partecipanti a recitare insieme il Padre nostro e subito dopo presenta l'*équipe* formativa e descrive le tappe del percorso di accompagnamento.

La coppia guida invita le coppie di fidanzati a raccontare la storia del loro primo incontro e del cammino percorso fino alla decisione di sposarsi celebrando il sacramento del matrimonio. Nelle diverse narrazioni delle coppie di fidanzati viene spesso riconosciuta e sottolineata la straordinarietà della circostanza nella quale è avvenuto l'incontro.

Dopo che ogni coppia ha raccontato la propria storia, la coppia guida evidenzia, sottolineandone i particolari, come in ogni narrazione è stato messo in rilievo, in modo più o meno marcato, il fatto che l'incontro è avvenuto in circostanze insolite e invita a riflettere sulla *casualità* di tali eventi.

Generalmente la reazione registrata è quella di un rifiuto dell'ipotesi interpretativa della mera casualità. Anche un ragazzo non battezzato, che ha frequentato il percorso formativo di quest'anno insieme alla sua fidanzata credente, pur professandosi ateo, affermava di non riconoscersi nell'interpretazione secondo cui è semplicemente il caso a spiegare l'incontro iniziale di una coppia.

La percezione di una realtà trascendente che agisce nella storia di ogni uomo è una percezione che si accentua particolarmente nell'esperienza della formazione di una coppia e tende a emergere nella narrazione che ogni coppia fa della propria storia.

L'azione pastorale che si pone in essere in questo primo incontro mira a comunicare un criterio interpretativo della storia che affonda le radici nella fede biblica. Il popolo di Israele legge in trasparenza nei fatti dell'Esodo l'intervento salvifico di Dio e la Chiesa primitiva vede negli avvenimenti che vive la presenza e l'azione del Risorto. Questa presenza si prolunga nella storia dell'uomo, facendo della storia di ogni famiglia il luogo della Sua presenza (cfr. AL 317). È un invito ad adottare l'ottica della fede nel dare significato alla propria storia.

Il momento della scelta di sposarsi è un momento privilegiato per comunicare questo criterio ermeneutico, perché le persone sono particolarmente recettive a motivo del bisogno di dare significato profondo alla scelta che imprime una svolta alla propria storia.

Obiettivi dell'incontro

- Favorire il confronto con la fede come criterio interpretativo dell'esistenza;

- promuovere il superamento di una visione precettistica della relazione con Dio;

- sospingere a cogliere il valore trascendente della propria relazione di coppia;

- incoraggiare i fidanzati, nel proprio dialogo di coppia, al confronto con la prospettiva cristiana del progetto di Dio sulla vita di coppia;

- stimolare ad assumere la dimensione vocazionale dell'esistenza nel processo di significazione della realtà coniugale e familiare che ci si appresta a costruire.

Metodologia di conduzione dell'incontro

Il metodo dell'incontro privilegia l'ascolto empatico[4], un ascolto nel quale si cerca di condividere non semplicemente i contenuti delle narrazioni, ma soprattutto i sentimenti che trapelano dalle narrazioni stesse.

Anche la coppia di sposi, che affianca il sacerdote lungo tutto il percorso formativo, racconta la storia del proprio primo incontro, contribuendo a creare un clima di empatia caratterizzato da uno scambio di esperienze dove non c'è una netta separazione tra chi *insegna* e chi *impara*, ma c'è una comunicazione circolare empatica.

Il sacerdote stesso, al pari di tutti gli altri, racconta la storia della sua vocazione per mostrare come non c'è una diversità qualitativa tra la chiamata di Dio al sacerdozio ministeriale e quella alla vita matrimoniale.

Nella conduzione dell'incontro si cerca di individuare le coppie più caratterialmente disposte alla condivisione per *rompere il ghiaccio* e favorire la narrazione anche delle coppie più riservate. Si cerca in questo modo di creare un clima di condivisione tra coppie che si incontrano tra loro per la prima volta, indispensabile per un percorso di tipo interattivo dove ogni coppia è chiamata a dare il proprio contributo.

---

[4] Cfr. H. FRANTA – G. SALONIA, *Comunicazione interpersonale*,Roma 1991, 66-77; A.R. COLASANTI, «Empatia», in J.M. PRELLEZO – C. NANNI – G. MALIZIA, ed., *Dizionario di scienze dell'educazione*, Torino 1997, 375-376.

La presenza di tutte le coppie che costituiscono l'*équipe* in questo primo incontro è motivata dall'utilità di conoscere la realtà delle coppie dei fidanzati ai quali porteranno, nei successivi incontri, la loro testimonianza sulla tematica da loro trattata, onde poter calibrare al meglio l'intervento sulla realtà specifica di quel gruppo di fidanzati.

Criteri di verifica e di valutazione dell'incontro

a) Criteri di verifica

I criteri di verifica dell'incontro vertono prevalentemente sull'osservazione del comportamento non verbale dei fidanzati, senza escludere i messaggi comunicati a livello verbale, dando comunque priorità alla valutazione dei primi in caso di discrepanza tra i due codici di comunicazione. Come affermato da Franta-Salonia, è possibile trarre informazioni circa le reazioni dell'altro dai canali non verbali per la percezione dell'interazione in corso[5].

Si osservano quindi i seguenti codici non verbali:

- l'orientazione, la distanza, la postura;

- l'espressione del volto, la direzione dello sguardo, il contatto visivo;

- il tono della voce e la sua variazione, le pause, il ritmo e la velocità del parlare nell'esporre;

- la durata della comunicazione;

- il silenzio prima di rispondere a una domanda o a un'annotazione;

---

[5] Cfr. H. FRANTA – G. SALONIA, *Comunicazione interpersonale*, Roma 1981, 60-61.

- la variazione nella continuità del discorso con eventuale intercalare di «ehm» e «ah», ripetizioni e balbettii;

- i cenni del capo e i movimenti del corpo[6].

Al termine dell'incontro si registrano anche i messaggi verbali sulla prima impressione avuta sull'incontro stesso e sulla panoramica presentata sull'intero percorso di accompagnamento.

b) Criteri di valutazione

I criteri di valutazione vertono sul confronto tra il comportamento comunicativo osservato in fase iniziale e le trasformazioni di esso nel corso dell'incontro, fino ad arrivare a quello assunto alla fine dell'incontro stesso.

Particolare rilievo viene attribuito all'osservazione del modo con cui i fidanzati si congedano sia dall'*équipe* formativa, che tra di loro.

In sintesi la valutazione verte sull'osservazione del modo in cui i criteri sopra riportati vengono modulati dai fidanzati in itinere e in fase finale dell'incontro.

2. 2° INCONTRO

Tema: ***L'affettività della coppia coniugale***

> La Parola di Dio: *«Chi ama è paziente e premuroso. Chi ama non è geloso, non si vanta, non si gonfia di orgoglio. Chi ama è rispettoso, non va in cerca del proprio interesse, non*

---

[6] Cfr. H. FRANTA – G. SALONIA, *Comunicazione interpersonale*, Roma 1981, 61-66.

> *conosce la collera, dimentica i torti. Chi ama rifiuta l'ingiustizia, la verità è la sua gioia. Chi ama tutto scusa, di tutti ha fiducia, tutto sopporta, non perde mai la speranza» (1Cor 13,4-7).*

Papa Francesco insegna che spesso c'è un'*immaturità affettiva* della coppia che la porta a rimanere negli stadi iniziali della relazione affettiva e questo conduce a spegnere le intense emozioni iniziali che si vivono nella fase del fidanzamento (cfr. AL 41).

C'è una trasformazione/evoluzione del legame affettivo che gli psicologi chiamano *fine della luna di miele*[7]: viene meno l'idealizzazione del partner e questo porta a una duplice possibilità:

- fondare sulla volontà/determinazione la relazione, rassegnandosi alla *fine* del sentimento, cioè della dimensione emotiva;

- decidere di interrompere la relazione in nome dell'esigenza di autenticità della relazione.

Com'è possibile che una cosa tanto bella che coinvolge/sconvolge al punto di cambiare la vita possa venire meno? Quando non si sente, o meglio si dice di non sentire più niente, dov'è finito quel sentimento profondo che ha sconvolto l'esistenza? È proprio vero che è finito tutto? Esiste una responsabilità morale del moto affettivo?

Un'analisi del moto affettivo, che porta alla costituzione del legame di coppia, serve ad assumere responsabilmente questa dimensione affettiva del

---

[7] Cfr. J.G. LEMAIRE, *Vita e morte della coppia,* Cittadella, Assisi 1981, 98-100.

legame stesso. Le tonalità emotive che emergono in una relazione di coppia sono la tenerezza, la compassione e la misericordia[8].

a) La tenerezza

La tenerezza è all'origine del legame affettivo di una coppia, è stupore di esserci, è la meraviglia di trovarsi collocati in una relazione che mette in luce le proprie profondità e così consente di trovare se stessi. La persona, di fronte al suo stupirsi, è interpellata a prendere posizione: accogliere o rifiutare questa *tonalità emotiva,* rendendola stabile e trasformandola così in un *sentimento*, cioè una modalità stabile del sentire.

La tenerezza/stupore responsabilmente assunta attraverso un assenso motivato diviene un atteggiamento stabile del soggetto (virtù), un atteggiamento del cuore.

All'inizio la tenerezza è vissuta come qualcosa che *accade* e di fronte alla quale ci si trova in una condizione di passività. C'è la necessità di passare dal sentirsi attratti allo *scegliere* di lasciarsi attrarre, superare cioè la meraviglia passiva per approdare a uno stupore che spinge a uscire da sé. Ma l'ansia di perdere la propria identità per sviluppare *quell'identità che l'altro vede in me e che io non riesco a vedere* ostacola l'uscire da sé e porta a indugiare.

Occorre liberarsi di una visione antropologica che considera l'individuo come dotato di un'identità propria che sviluppa nel tempo in cui la relazione con l'altro è condizionante e al limite ostacolante[9]. Infatti l'identità è relazione in quanto la relazione è la condizione di possibilità dello sviluppo della propria identità che si dispiega nella storia: le relazioni costruite nella propria storia personale scolpiscono l'identità, facendola uscire dall'anonimato e quindi ogni

---

[8] Cfr. M. CRUCIANI, Teologia dell'affettività coniugale, Cittadella, Assisi 2013, 374-420.

[9] Cfr. H.M. YÁÑEZ, «Indifferenza o solidarietà? La moralità personale come cammino di riconoscimento», in *Rivista di Teologia Morale* 181 (2014), 49-61.

persona è il prodotto della rete di relazioni della propria famiglia di origine dove ci si è trovati non per propria scelta.

Acconsentire a uscire da sé fino a traslocare nel mondo dell'altro significa scegliere di dare alla propria identità la forma della coniugalità con l'altro, della corrispondenza (non sovrapposizione) all'identità dell'altro.

Se l'innamoramento, lo stupore iniziale, è un essere attratti (*accade*), l'esodo da sé, il portare fino in fondo questo stupore, è un lasciarsi attrarre consapevole (*si sceglie*).

La scelta di lasciarsi attrarre è passare dal trovarsi relazionato allo scegliere di essere relazionato. Questo porta ad abitare la relazione, non solo a soggiornarvi per un periodo più o meno lungo, compiendo una scelta di vita che rende stabile la relazione stessa.

Si sperimenta allora la gioia di trovarsi nel mondo dell'altro. Tale gioia precede la determinazione a uscire da sé, è frutto del lasciarsi stupire/lasciarsi attrarre. Ma lasciarsi attrarre richiede l'affidarsi: *mi lascio attrarre se mi fido e mi affido, perché percepisco che nello stare presso l'altro c'è un di più di esistenza buona per me*.

Nel fidanzamento, dove si vivono momenti di forte intensità emotiva, i fidanzati sperimentano che l'affidarsi all'altro li porta a vivere anticipatamente la bellezza di questo trasloco per la pienezza di esistenza buona per loro. È una percezione affettiva che supera la conoscenza razionale.

b) La compassione

La compassione è la capacità di condividere la passione dell'altro. È abitare la gioia e il dolore dell'altro. Per fare questo è necessario orientare i propri sensi all'altro per sentire con lui; lasciarsi coinvolgere nei suoi sogni e lasciarsi toccare dal suo dolore.

Le passioni diventano reciprocamente corrispondenti: *ai suoi sogni corrispondono i miei progetti, alle sue ansie la mia sollecitudine, ai suoi bisogni la mia premura*.

Nasce così un'identità di coppia frutto di progetti condivisi. La coppia diviene una squadra in cui ciascuno diventa il miglior *manager* dell'altro.

In questo movimento di adesione all'esistenza dell'altro si arriva a sfiorare le sue fragilità, le sue inconsistenze e anche le sue ferite.

Di fronte alla fragilità dell'altro emerge la misericordia.

c) La misericordia

La misericordia è prendere a cuore il misero. Di fronte alle fragilità dell'altro chi ama reagisce con l'accoglienza, fare spazio nella propria esistenza per accogliere l'altro. Questo comporta un ritrarsi perché l'altro possa venire avanti. Ritrarsi non significa assentarsi, ma tracciare uno spazio accogliente nel quale l'altro possa crescere superando i suoi limiti.

All'inizio questo ritrarsi in un rapporto tra persone mature sorge spontaneo come desiderio di protezione di fronte alla vulnerabilità dell'altro e fiducia di riuscire con il proprio amore ad aiutarlo a migliorare.

È necessario alimentare questo desiderio di accogliere l'altro con tutte le sue fragilità cercando nella sua storia l'origine di queste fragilità per comprenderle e *scusarle*. Una tale accoglienza consente all'altro di iniziare un cammino di guarigione.

Questo cammino di guarigione porta alla luce l'identità nascosta dell'altro, un'identità di fronte alla quale si torna a *re-innamorarsi*. C'è una rinnovata tenerezza, cioè un rinnovato stupore di fronte all'altro che nella relazione si rigenera, segue una rinnovata compassione (adesione alla sua esistenza) e di nuovo un ritrarsi per accoglierlo nelle altre fragilità che progressivamente vengono alla luce.

Si registra, dunque, un crescendo di intensità emotiva, una dinamica circolare ascendente[10].

Animatori

Sacerdote + coppia guida.

Situazione di partenza

I fidanzati ritengono che la dimensione affettiva sia fondamentale nella relazione di una coppia perché:

- è all'origine della relazione: la scelta del partner si fonda sul sentimento;
- il perdurare della relazione è legato al perdurare del sentimento e perciò si ritiene di dovere interrompere la relazione quando si dice *non sento più niente*, quando cioè viene meno l'intensità di quel sentimento che al momento dell'incontro ha portato al formarsi della coppia e alla decisione di sposarsi.

Da un lato, nel comune sentire, si afferma che *al cuore non si comanda*, dall'altro, nel consenso matrimoniale, si afferma *prometto di amarti tutti i giorni della mia vita*.

Ci si può imporre di amare che non è semplicemente un *fare* come dovere, ma anche un *sentire* come dono spontaneo?

---

[10] Cfr. M. CRUCIANI, Teologia dell'affettività coniugale, Cittadella, Assisi 2013, 420-423.

Svolgimento dell'incontro

La coppia guida invita i fidanzati a riflettere sulla bellezza e sulla delicatezza del legame affettivo di una coppia e sul desiderio che l'intensità di questo legame, oggi molto forte, duri per sempre. D'altro canto è necessario guardare in faccia la realtà di tante coppie (anche tra i loro stessi amici), che si separano sempre più spesso dopo pochi anni, se non addirittura dopo pochi mesi.

Si passa allora a esaminare da vicino la fisionomia del legame affettivo di una coppia.

Al termine dell'incontro si invitano le coppie, durante la settimana che precede il successivo incontro, a riflettere prima singolarmente e poi in coppia sulle seguenti domande:

- Quale parte della tua identità è emersa nella relazione di coppia?

- Che cosa, nel rapporto con l'altro, senti valorizzato del tuo io?

- Come sei cambiato/a nella relazione con l'altro/a?

Obiettivi dell'incontro

- Stimolare il superamento di una visione deterministica dell'affettività;

- promuovere la maturazione di un senso di responsabilità nei confronti della dimensione affettiva del legame;

- favorire l'acquisizione di una prima conoscenza della fisionomia del legame affettivo di una coppia e del suo dinamismo;

- avviare a saper riconoscere nel dinamismo *tenerezza-compassione-misericordia* il naturale orientamento del moto affettivo che lega una coppia;

- incoraggiare il confronto personale e di coppia con l'analisi del moto affettivo coniugale presentato nell'incontro, rapportandolo alla propria specifica esperienza di coppia.

Metodologia di conduzione dell'incontro

Il metodo dell'incontro privilegia l'ascolto empatico[11], un ascolto nel quale si cerca di condividere non semplicemente i contenuti, ma soprattutto i sentimenti che trapelano dalle narrazioni stesse.

La coppia di sposi che guida l'incontro (la stessa che affianca il sacerdote lungo tutto il percorso formativo) esplicita come nella propria storia coniugale e familiare sia costantemente rilevabile la presenza del dinamismo *tenerezza-compassione-misericordia* che si sviluppa lungo tutto il cammino della vita della coppia.

L'intervento della coppia-guida è attuato in modo da creare un clima di empatia dove non c'è una netta separazione tra chi *insegna* e chi *impara*, ma c'è una comunicazione circolare empatica che ne favorisce la recezione dei contenuti proposti sui quali i fidanzati non si sono mai confrontati.

Criteri di verifica e di valutazione dell'incontro

a) Criteri di verifica

I criteri di verifica dell'incontro vertono prevalentemente sull'osservazione del comportamento non verbale dei fidanzati, senza escludere i messaggi

---

[11] Cfr. H. FRANTA – G. SALONIA, *Comunicazione interpersonale*,Roma 1991, 66-77; A.R. COLASANTI, «Empatia», in J.M. PRELLEZO – C. NANNI – G. MALIZIA, ed., *Dizionario di scienze dell'educazione*, Torino 1997, 375-376.

comunicati a livello verbale, dando comunque priorità alla valutazione dei primi in caso di discrepanza tra i due codici di comunicazione. Come affermato da Franta-Salonia, è possibile trarre informazioni circa le reazioni dell'altro dai canali non verbali per la percezione dell'interazione in corso[12].

Si osservano quindi i seguenti codici non verbali:

- l'orientazione, la distanza, la postura;

- l'espressione del volto, la direzione dello sguardo, il contatto visivo;

- il tono della voce e la sua variazione, le pause, il ritmo e la velocità del parlare nell'esporre;

- la durata della comunicazione;

- il silenzio prima di rispondere a una domanda o a un'annotazione;

- la variazione nella continuità del discorso con eventuale intercalare di «ehm» e «ah», ripetizioni e balbettii;

- i cenni del capo e i movimenti del corpo[13].

Al termine dell'incontro si registrano anche i messaggi verbali sulla prima impressione avuta sull'incontro stesso.

---

[12] Cfr. H. FRANTA – G. SALONIA, *Comunicazione interpersonale*, Roma 1981, 60-61.
[13] Cfr. H. FRANTA – G. SALONIA, *Comunicazione interpersonale*, Roma 1981, 61-66.

b) Criteri di valutazione

I criteri di valutazione vertono sul confronto tra il comportamento comunicativo osservato in fase iniziale e le trasformazioni di esso nel corso dell'incontro, fino ad arrivare a quello assunto alla fine dell'incontro stesso.

Particolare rilievo viene attribuito all'osservazione del modo con cui i fidanzati si congedano sia dall'*équipe* formativa, che tra di loro.

In sintesi la valutazione verte sull'osservazione del modo in cui i criteri sopra riportati vengono modulati dai fidanzati in itinere e in fase finale dell'incontro.

3. 3° INCONTRO

Tema: ***La liturgia del sacramento del matrimonio***

> La Parola di Dio: *«Ci fu uno sposalizio a Cana di Galilea e c'era la Madre di Gesù. Fu invitato alle nozze Gesù con i suoi discepoli» (Gv 2,1-2).*

La liturgia del sacramento del matrimonio è celebrazione della realtà sacramentale della coppia la quale vive già una sacramentalità naturale legata alla creazione (maschio e femmina immagine di Dio), tale sacramentalità è elevata da Cristo a sacramento della nuova alleanza, segno efficace della grazia, canale attraverso il quale Dio riversa la Sua grazia su ciascuno dei due coniugi tramite la relazione tra i due.

I ministri di questo sacramento sono quindi gli sposi a partire dal consenso che si scambiano davanti a Dio e alla comunità cristiana, per proseguire nei gesti della quotidianità che fanno maturare la comunione, nei quali Dio ha la propria dimora (cfr. AL 315). Il primo di questi gesti è la consumazione del matrimonio che, insieme allo scambio del consenso, determina la validità del sacramento di cui evidenzia la specificità, mettendo in rilievo l'incarnazione della grazia nell'amore degli sposi[14].

Animatori

Sacerdote + coppia guida.

Situazione di partenza

Le coppie che si presentano a chiedere il sacramento del matrimonio hanno una formazione religiosa risalente, il più delle volte, al catechismo di preparazione alla cresima se non addirittura a quello di preparazione alla prima comunione. Raramente capita che ci sia chi ha ricevuto solo il battesimo oppure neanche questo e si dichiara ateo (matrimonio misto).

Si registra ancora la convinzione che la finalità del matrimonio sia la sola generazione ed educazione della prole e che il ministro del sacramento del matrimonio sia il sacerdote che presiede la celebrazione liturgica.

Anche riguardo alle proprietà del matrimonio, in particolare l'indissolubilità e l'apertura alla vita, si riscontra una scarsa consapevolezza.

La circostanza che la maggior parte dei fidanzati sia non praticante comporta un'evidente ansia riguardo allo svolgimento della liturgia del sacramento e al ruolo che in essa gli sposi sono chiamati a rivestire (cosa devono dire, quali gesti devono compiere e in quale momento della celebrazione).

---

[14] Cfr. P. BENANTI, *Amerai*, Cittadella, Assisi 2014, 56-59; X. LACROIX, *Le corps et l'esprit.* Cambridge 2001; trad. italiana, *Il corpo e lo spirito. Sessualità e vita cristiana*, Edizioni Qiqajon, Magnano 1996, 49-50.

Svolgimento dell'incontro

Il sacerdote illustra le condizioni per la validità del matrimonio, le sue proprietà (unicità, indissolubilità, fedeltà, apertura alla vita), le finalità (il bene dei coniugi e la generazione ed educazione della prole). Riguardo alla generazione ed educazione della prole il sacerdote chiarisce che questa non è l'unica finalità né la principale, bensì lo è il bene dei coniugi che non devono chiudersi alla generazione della vita, e che in caso di sterilità vivono ugualmente il sacramento.

Dopo aver chiarito che i ministri del sacramento sono gli sposi stessi, il sacerdote distribuisce a ciascuna coppia il libretto *La Santa Messa degli Sposi* contenente la liturgia del sacramento del matrimonio all'interno della celebrazione della Messa con tutte le letture previste dal lezionario per la liturgia nuziale.

Con l'ausilio di questo sussidio, il sacerdote spiega le diverse parti della liturgia nuziale evidenziando la libertà degli sposi di scegliere le letture nelle quali si riconoscono intravedendo in esse aspetti della loro esistenza e/o un ideale al quale tendere.

Il sacerdote spiega inoltre la possibilità per i nubendi di scegliere la formula per la dichiarazione del consenso, per la benedizione e consegna degli anelli e per la benedizione nuziale e la possibilità di formulare le intenzioni della preghiera dei fedeli.

Obiettivi dell'incontro

- Promuovere il superamento di una visione magico-ritualistica della celebrazione del sacramento del matrimonio;

- favorire la conoscenza delle proprietà e delle finalità del sacramento del matrimonio;

- far maturare la coscienza di essere i ministri del sacramento del matrimonio;

- avviare la consapevolezza che con il matrimonio si diventa per l'altro/a il canale privilegiato attraverso il quale Dio riversa su di lui/lei la Sua grazia ogni giorno della vita;

- aiutare a vincere l'ansia legata alla celebrazione attraverso la conoscenza delle diverse parti della liturgia nuziale;

- promuovere una celebrazione consapevole della liturgia del sacramento;

- stimolare il gusto di confrontarsi come coppia con la Parola di Dio (scelta condivisa delle letture della liturgia della Parola);

- agevolare la consapevolezza della dimensione comunitaria della liturgia nuziale per promuovere la condivisione di preghiere, letture e gesti con i testimoni, i genitori, i parenti e gli amici.

Metodologia di conduzione dell'incontro

Si realizza un attivo coinvolgimento dei fidanzati nella descrizione del rito del matrimonio proiettandoli nell'atmosfera della celebrazione, con l'ausilio anche di una simulazione da parte di una delle coppie dei fidanzati.

Criteri di verifica e di valutazione dell'incontro

a) Criteri di verifica

I criteri di verifica dell'incontro vertono prevalentemente sull'osservazione del comportamento non verbale dei fidanzati, senza escludere i messaggi comunicati a livello verbale, dando comunque priorità alla valutazione dei primi in caso di discrepanza tra i due codici di comunicazione. Come affermato da Franta-Salonia, è possibile trarre informazioni circa le reazioni dell'altro dai canali non verbali per la percezione dell'interazione in corso[15].

Si osservano quindi i seguenti codici non verbali:

- l'orientazione, la distanza, la postura;

- l'espressione del volto, la direzione dello sguardo, il contatto visivo;

- il tono della voce e la sua variazione, le pause, il ritmo e la velocità del parlare nell'esporre;

- la durata della comunicazione;

- il silenzio prima di rispondere a una domanda o a un'annotazione;

- la variazione nella continuità del discorso con eventuale intercalare di «ehm» e «ah», ripetizioni e balbettii;

- i cenni del capo e i movimenti del corpo[16].

---

[15] Cfr. H. Franta – G. Salonia, *Comunicazione interpersonale*, Roma 1981, 60-61.
[16] Cfr. H. Franta – G. Salonia, *Comunicazione interpersonale*, Roma 1981, 61-66.

Al termine dell'incontro si registrano anche i messaggi verbali sulla prima impressione avuta sull'incontro stesso.

b) Criteri di valutazione

I criteri di valutazione vertono sul confronto tra il comportamento comunicativo osservato in fase iniziale e le trasformazioni di esso nel corso dell'incontro, fino ad arrivare a quello assunto alla fine dell'incontro stesso.

Particolare rilievo viene attribuito all'osservazione del modo con cui i fidanzati si congedano sia dall'*équipe* formativa, che tra di loro.

In sintesi la valutazione verte sull'osservazione del modo in cui i criteri sopra riportati vengono modulati dai fidanzati in itinere e in fase finale dell'incontro.

4. 4° INCONTRO

Tema: ***La coppia e il lavoro***

> La Parola di Dio: «*Dio disse: "Facciamo l'uomo [...] domini sui pesci del mare e sugli uccelli del cielo, sul bestiame, su tutti gli animali selvatici e su tutti i rettili che strisciano sulla terra" [...] Dio li benedisse e Dio disse loro: "Siate fecondi e moltiplicatevi, riempite la terra e soggiogatela, dominate sui pesci del mare e sugli uccelli del cielo e su ogni essere vivente che striscia sulla terra" [...] Dio vide quanto aveva fatto, ed ecco, era cosa molto buona*» *(Gen 1,26-28).*

Alla creazione dell'uomo segue la benedizione divina e quindi l'attribuzione dei compiti alla coppia. È proprio alla coppia umana che Dio affida l'economia del creato, la sua buona gestione. I due compiti affidati alla coppia (procreazione e gestione del creato) sono immediatamente susseguenti e questa sequenza non è casuale. Il lavoro di *gestione del creato* (dominio) affidato alla coppia sembra quasi una *seconda fecondità* dell'uomo/donna e quindi una missione propria del matrimonio. Il lavoro, dunque, non è antagonista della fecondità ma complementare ed è *cosa buona*.

Animatori

Sacerdote + coppia guida + coppia di affermati professionisti, genitori di tre figli che portano la loro testimonianza.

Situazione di partenza

Nel contesto socio-culturale attuale, il lavoro costituisce un impegno personale per ciascuno dei due partner e ne occupa gran parte del tempo. Questo condiziona il rapporto tra i due, sia per quanto riguarda lo spazio che è possibile dedicare alla coltivazione della relazione, sia per quanto concerne le ripercussioni sulla relazione stessa dei problemi incontrati da ciascuno dei due nel rispettivo ambiente di lavoro. Tali problemi, infatti, andando a incidere sul vissuto personale, risuonano direttamente o indirettamente nella relazione. Ciò pone in maniera marcata la questione delle modalità con le quali la coppia condivide i problemi dell'impegno professionale di ciascuno dei due e della gestione condivisa del lavoro domestico.

Svolgimento dell'incontro

Si chiede alle coppie di fidanzati di parlare ciascuno del lavoro dell'altro invitando il diretto interessato ad ascoltare la narrazione che il partner fa del suo lavoro senza intervenire per integrare o correggere l'esposizione. Al termine dell'esposizione si invita il partner a confermare il contenuto dell'esposizione fatta dall'altro.

Tale strategia mira a far emergere il livello di conoscenza raggiunto dalla coppia riguardo ai rispettivi impegni lavorativi che assorbono gran parte del tempo della vita.

Attraverso il tema del lavoro è possibile mettere in evidenza il tipo di comunicazione esistente nella coppia e di conseguenza si può fare emergere la struttura della relazione, cioè in quale misura ciascuno dei due accoglie e si lascia accogliere, si prende cura dell'altro e lascia che l'altro si prenda cura di lui. È la questione della reciprocità della relazione, dunque della struttura coniugale della relazione stessa, che oggi investe anche la questione del ruolo della donna nella famiglia e nella società e la conseguente armonizzazione della presenza della donna in entrambe gli ambiti[17].

Attraverso la capacità di condivisione del proprio lavoro con il partner è possibile portare alla luce la capacità di far entrare l'altro nel proprio mondo e quindi di accoglierlo e, al tempo stesso, mostra la capacità di lasciarsi accogliere dall'altro nel suo mondo e dunque la capacità di *consegnarsi* all'altro, di affidarsi a lui.

Si va dunque al cuore del consenso matrimoniale la cui nuova formulazione: «io accolgo te ... » individua nell'accoglienza l'essenza della coniugalità.

Il lavoro, in quanto luogo di declinazione della coniugalità della coppia, si presta a essere strumento di rilevazione e di verifica dell'accoglienza

---

[17] Cfr. M.L. BOSONI, «Uomini, paternità e lavoro: la questione della conciliazione dal punto di vista maschile», in *Sociologia e Politiche Sociali*, XIV, 3/2011, 63-86.

reciproca. Ciò consente di affrontare il discorso sulla costruzione del *NOI coniugale* come realtà che, derivando dall'interazione dei partner, non è riducibile alla somma delle loro due individualità[18]. La presenza di ognuno dei due nel mondo dell'altro porta a vivere il lavoro come realtà di coppia e non più come realtà individuale, da *single*.

Obiettivi dell'incontro

- Promuovere il superamento di una visione individuale del lavoro nell'ambito della vita di coppia;

- aiutare i fidanzati a prendere le distanze dal criterio contrattuale di armonizzazione del tempo da dedicare ai rispettivi impegni professionali dei coniugi;

- agevolare nella coppia una revisione critica del proprio criterio di armonizzazione del tempo dedicato ai rispettivi impegni professionali;

- promuovere nella coppia l'apprezzamento di un criterio di armonizzazione del tempo da dedicare ai rispettivi impegni professionali improntato alla condivisione;

- stimolare la coppia a portare alla luce, attraverso il confronto di coppia, la scala di priorità dei valori su cui si intende fondare la propria famiglia;

- favorire la comprensione dell'importanza di condividere non solo le rispettive esperienze lavorative (il semplice racconto dei fatti), ma anche e

---

[18] Cfr. M. CRUCIANI, *Teologia dell'affettività coniugale*, Cittadella, Assisi 2013, 154-165.

soprattutto di comunicarsi le risonanze emotive procurate da queste esperienze nel proprio mondo interiore;

- aiutare a prendere coscienza del rischio della rivalità tra gli sposi riguardo alle rispettive carriere lavorative;

- promuovere la consapevolezza della necessità di condividere nel dialogo di coppia le scelte lavorative di ciascuno dei due e soprattutto le motivazioni che stanno al fondo di tali scelte lavorative (soltanto per guadagnare di più, per maggiore prestigio sociale o per la costruzione di qualcosa di socialmente significativo);

- incoraggiare il confronto sulla rilevanza del lavoro domestico per un'equilibrata relazione di coppia e sulla conseguente necessità di condividerlo concretamente andando oltre gli stereotipi;

- facilitare la comprensione dell'importanza del tempo della festa come riposo dal lavoro, come atto di signoria dell'uomo (dominio) sul lavoro.

Metodologia di conduzione dell'incontro

Il metodo dell'incontro privilegia l'ascolto empatico[19], un ascolto nel quale si cerca di condividere non semplicemente le narrazioni delle variegate esperienze lavorative (o alcune volte di mancanza di lavoro di uno dei due), ma soprattutto i sentimenti che trapelano dalle narrazioni stesse.

La coppia di sposi che offre la testimonianza, nel raccontare la propria esperienza lavorativa, mira a creare un clima di empatia caratterizzato da uno

---

[19] Cfr. H. FRANTA – G. SALONIA, *Comunicazione interpersonale*,Roma 1991, 66-77; A.R. COLASANTI, «Empatia», in J.M. PRELLEZO – C. NANNI – G. MALIZIA, ed., *Dizionario di scienze dell'educazione*, Torino 1997, 375-376.

scambio di esperienze dove non c'è una netta separazione tra chi *insegna* e chi *impara*, ma c'è una comunicazione circolare empatica.

Si cerca in questo modo di creare un clima di condivisione tra le coppie per un'effettiva interazione che porta ogni coppia a dare il proprio particolare e originale contributo.

Criteri di verifica e di valutazione dell'incontro

a) Criteri di verifica

I criteri di verifica dell'incontro vertono prevalentemente sull'osservazione del comportamento non verbale dei fidanzati, senza escludere i messaggi comunicati a livello verbale, dando comunque priorità alla valutazione dei primi in caso di discrepanza tra i due codici di comunicazione. Come affermato da Franta-Salonia, è possibile trarre informazioni circa le reazioni dell'altro dai canali non verbali per la percezione dell'interazione in corso[20].

Si osservano quindi i seguenti codici non verbali:

- l'orientazione, la distanza, la postura;

- l'espressione del volto, la direzione dello sguardo, il contatto visivo;

- il tono della voce e la sua variazione, le pause, il ritmo e la velocità del parlare nell'esporre;

- la durata della comunicazione;

- il silenzio prima di rispondere a una domanda o a un'annotazione;

[20] Cfr. H. FRANTA – G. SALONIA, *Comunicazione interpersonale*, Roma 1981, 60-61.

- la variazione nella continuità del discorso con eventuale intercalare di «ehm» e «ah», ripetizioni e balbettii;

- i cenni del capo e i movimenti del corpo[21].

Al termine dell'incontro si registrano anche i messaggi verbali sulla prima impressione avuta sull'incontro stesso.

b) Criteri di valutazione

I criteri di valutazione vertono sul confronto tra il comportamento comunicativo osservato in fase iniziale e le trasformazioni di esso nel corso dell'incontro, fino ad arrivare a quello assunto alla fine dell'incontro stesso.

Particolare rilievo viene attribuito all'osservazione del modo con cui i fidanzati si congedano sia dall'*équipe* formativa, che tra di loro.

In sintesi la valutazione verte sull'osservazione del modo in cui i criteri sopra riportati vengono modulati dai fidanzati in itinere e in fase finale dell'incontro.

5. 5° INCONTRO

Tema: ***La coppia e i figli***

> La Parola di Dio: *«Chi accoglierà un solo bambino come questo nel mio nome, accoglie me» (Mt 18,5).*

---

[21] Cfr. H. FRANTA – G. SALONIA, *Comunicazione interpersonale*, Roma 1981, 61-66.

L'arrivo di un figlio porta uno sconvolgimento nella vita della coppia. Questo rappresenta un salto di qualità nella relazione perché il diventare genitori è comunemente percepito come il completamento della transizione all'*età adulta*.

La capacità della coppia di gestire questa fase di transizione determina una maggiore unione nella coppia, in caso contrario può iniziare un lento deterioramento della relazione perché il figlio può diventare elemento di divisione.

Le relazioni in famiglia, quindi, si trasformano e si viene a determinare una struttura triangolare delle relazioni stesse, che richiede la maturazione di un dialogo di coppia più profondo e soprattutto la consapevolezza della necessità di ritagliarsi spazi di dialogo a due per coltivare l'intimità della relazione imparando a conciliare coniugalità e genitorialità[22].

Animatori dell'incontro

Sacerdote + coppia guida + coppia di sposi genitori di tre figli.

Situazione di partenza

I fidanzati per la quasi totalità manifestano il desiderio di generare presto un figlio. È capitato di avere coppie di fidanzati già in attesa e a volte con un figlio.

In questi casi proprio la situazione di genitori di alcune coppie di fidanzati ha sollecitato in loro la maturazione del desiderio di celebrare il sacramento.

[22] Cfr. R. Losso, *Psicoanalisi della famiglia*, Franco Angeli, Milano 2013.

Svolgimento dell'incontro

Il sacerdote introduce l'incontro presentando la coppia di genitori di tre figli che porta la sua testimonianza. Nell'esposizione viene evidenziato che la coppia *dall'interno della sua relazione* matura il desiderio di aprirsi alla vita generando e, in questa progressiva maturazione del desiderio di generare, percepisce il proprio *tempo della generazione*. La coppia passa poi a descrivere in maniera ampia e articolata le problematiche dell'educazione dei figli mettendo in rilievo l'importanza della *cogenitorialità*[23].

Obiettivi dell'incontro

- Aiutare a prendere coscienza del legame tra intimità coniugale e generatività;

- promuovere la consapevolezza che la trasmissione di identità costituisce lo specifico della generazione umana, individuando in essa l'elemento discriminante rispetto alla semplice procreazione;

- aiutare a cogliere nella scelta di generare un figlio il culmine dell'intimità della relazione di coppia;

- avviare alla consapevolezza della necessità di esercitare la *cogenitorialità* per un'equilibrata educazione dei figli;

- incoraggiare il superamento del modello stereotipato secondo cui le cure parentali nei primi anni di vita sono competenze esclusive della madre;

---

[23] Cfr. G. SALONIA, *Genitori con*, Cittadella, Assisi 2017, 114-121.

- favorire la coscienza della necessità di far partecipare quanto più possibile il padre agli eventi che segnano il percorso della gravidanza (presenza del padre nei controlli ecografici, condivisione dei controlli medici periodici della madre, presenza del padre al momento del parto);

- stimolare il desiderio di vivere durante la gravidanza la massima condivisione dell'attesa del bambino con tutti i preparativi a essa connessi;

- promuovere la percezione della necessità di salvaguardare l'intimità della coppia contemperando coniugalità e genitorialità, riservandosi spazi di dialogo di coppia;

- agevolare la comprensione che quanto più la donna favorisce l'esercizio della paternità del partner sin dai primi istanti di vita del bambino, tanto più lei stessa è favorita dal marito nello sviluppare la propria maternità liberandosi da certe disfunzionalità ereditate dalla sua relazione con la madre.

Metodologia di conduzione dell'incontro

Il metodo dell'incontro privilegia ancora una volta l'ascolto empatico[24]. La coppia che offre la testimonianza, nel raccontare la propria esperienza di genitori, mira a far emergere nelle coppie dei fidanzati il loro prossimo progetto genitoriale.

Anche se la specificità del tema trattato potrebbe inevitabilmente accentuare la separazione tra chi *insegna* e chi *impara*, la coppia di sposi che

[24] Cfr. H. FRANTA – G. SALONIA, *Comunicazione interpersonale*,Roma 1991, 66-77; A.R. COLASANTI, «Empatia», in J.M. PRELLEZO – C. NANNI – G. MALIZIA, ed., *Dizionario di scienze dell'educazione*, Torino 1997, 375-376.

anima l'incontro tende a favorire, attraverso la comunicazione circolare empatica, lo scambio di esperienze che da parte dei fidanzati verte piuttosto sulla propria esperienza di figli, portandoli a una revisione critica (più o meno positiva) dello stile genitoriale attuato dai loro rispettivi genitori.

Criteri di verifica e di valutazione dell'incontro

a) Criteri di verifica

I criteri di verifica dell'incontro vertono prevalentemente sull'osservazione del comportamento non verbale dei fidanzati, senza escludere i messaggi comunicati a livello verbale, dando comunque priorità alla valutazione dei primi in caso di discrepanza tra i due codici di comunicazione. Come affermato da Franta-Salonia, è possibile trarre informazioni circa le reazioni dell'altro dai canali non verbali per la percezione dell'interazione in corso[25].

Si osservano quindi i seguenti codici non verbali:

- l'orientazione, la distanza, la postura;
- l'espressione del volto, la direzione dello sguardo, il contatto visivo;
- il tono della voce e la sua variazione, le pause, il ritmo e la velocità del parlare nell'esporre;
- la durata della comunicazione;
- il silenzio prima di rispondere a una domanda o a un'annotazione;

[25] Cfr. H. FRANTA – G. SALONIA, *Comunicazione interpersonale*, Roma 1981, 60-61.

- la variazione nella continuità del discorso con eventuale intercalare di «ehm» e «ah», ripetizioni e balbettii;

- i cenni del capo e i movimenti del corpo[26].

Al termine dell'incontro si registrano anche i messaggi verbali sulla prima impressione avuta sull'incontro stesso.

b) Criteri di valutazione

I criteri di valutazione vertono sul confronto tra il comportamento comunicativo osservato in fase iniziale e le trasformazioni di esso nel corso dell'incontro, fino ad arrivare a quello assunto alla fine dell'incontro stesso.

Particolare rilievo viene attribuito all'osservazione del modo con cui i fidanzati si congedano sia dall'*équipe* formativa, che tra di loro.

In sintesi la valutazione verte sull'osservazione del modo in cui i criteri sopra riportati vengono modulati dai fidanzati in itinere e in fase finale dell'incontro.

6. 6° INCONTRO

Tema: ***La coppia e le famiglie di origine***

La Parola di Dio: *«L'uomo lascerà suo padre e sua madre ... » (Gen 2,24)*

---

[26] Cfr. H. FRANTA – G. SALONIA, *Comunicazione interpersonale*, Roma 1981, 61-66.

Il matrimonio costituisce per i nubendi una cesura con la propria famiglia di origine, per i rispettivi genitori rappresenta la transizione a un rapporto più simmetrico con il proprio figlio che esce dal nucleo familiare per costituirne uno proprio.

Si tratta di due diverse prospettive ciascuna delle quali mette in luce aspetti diversi di questa nuova fase di vita per tutti i soggetti delle tre famiglie coinvolte: la famiglia nascente e le due rispettive famiglie di provenienza dei nubendi.

La specificità di ciascuna delle due prospettive e la diversità delle problematiche che porta con sé, impone di articolare la trattazione del tema in due incontri svolti in contemporanea, ma separatamente:

1) I fidanzati affronteranno il tema della separazione dalla famiglia di origine e della relazione con la famiglia di origine del coniuge attraverso la testimonianza di due coppie di sposi che hanno sapientemente gestito la relazione con le loro due famiglie di origine;

2) I genitori dei nubendi affronteranno il tema della separazione dal figlio/a che si sposa e della relazione con la nuora/genero e con i consuoceri attraverso la testimonianza di tre coppie di sposi che hanno gestito costruttivamente queste relazioni.

Animatori dell'incontro dei fidanzati

Un componente della coppia guida + due coppie di sposi che seguono un percorso di spiritualità coniugale;

Animatori dell'incontro dei genitori dei fidanzati

Il Sacerdote + l'altro componente della coppia guida + tre coppie di sposi che seguono un percorso di spiritualità coniugale.

Situazione di partenza del gruppo dei fidanzati

Uno dei motivi per i quali si è ritenuto di affrontare il temi dei rapporti degli sposi con le famiglie di origine è il progressivo aumento del numero di separazioni causate da una cattiva gestione di questa relazione. Le difficoltà di rapporto con le famiglie di origine hanno sempre creato problemi. Con l'avvento della legge sul divorzio queste difficoltà, prima sopite, sopportate e mal gestite, sono venute allo scoperto in maniera dirompente.

Il persistere di luoghi comuni e di modelli stereotipati negativi di relazione con i suoceri condizionano pesantemente la costruzione di relazioni funzionali che portano alla reciproca maturazione.

All'inizio del percorso, quando il sacerdote descrive l'accompagnamento comprendente questo incontro, manifestano la loro sorpresa, ma dopo un iniziale smarrimento, mostrano apprezzamento per l'insolita iniziativa che, a detta loro, non trova riscontro nelle realtà vissute dai loro amici in analoghi percorsi di preparazione prossima al matrimonio.

Situazione di partenza del gruppo dei genitori dei fidanzati

I genitori dei nubendi, avvertiti (per motivi organizzativi) con congruo anticipo dai loro figli e sollecitati a parteciparvi, rispondono numerosi all'appello superando anche oggettive difficoltà non trascurabili, poiché alcuni di essi non vivono a Roma e devono coprire distanze a volte considerevoli per arrivare. I genitori condividono la meraviglia dei figli per l'insolita iniziativa.

È degna di rilievo la circostanza della partecipazione all'incontro di coppie separate che talvolta vengono accompagnati dai nuovi partner.

Da parte di tutti si registra il *piacere* di esserci per poter dare il proprio contributo al cammino di formazione dei figli mostrando anche una discreta curiosità per l'inaspettato incontro.

Svolgimento dell'incontro dei fidanzati

Le due coppie che portano la loro testimonianza si autopresentano e poi raccontano la loro esperienza. È singolare la circostanza che, nel caso specifico, le due coppie sono futuri consuoceri.

I fidanzati interagiscono inserendosi a loro volta per raccontare il loro rapporto con i genitori e con i futuri suoceri.

L'azione pastorale mira a far emergere la necessità di creare un legame di appartenenza alla famiglia del partner attraverso la costruzione di un rapporto empatico con i suoceri. Una tale necessità serve a calarsi all'interno della famiglia acquisita per conoscere in profondità le radici del partner e poter comprendere tanti aspetti e sfumature del suo stile comportamentale.

L'altro aspetto da far emergere è la necessità di esaminare criticamente il *modus operandi* della propria famiglia di origine, osservandola dal nuovo punto di vista maturato attraverso la collocazione all'interno della famiglia di origine del partner.

Svolgimento dell'incontro dei genitori dei fidanzati

Il sacerdote introduce l'incontro e invita le coppie dei genitori a presentarsi e, per chi vuole, a condividere una prima impressione sull'iniziativa. È accaduto anche che dei consuoceri si siano conosciuti proprio in occasione di questo incontro.

Il primo giro di interventi registra il desiderio dei genitori di accompagnare i loro figli in questa tappa di transizione all'età adulta.

Segue la testimonianza delle coppie che intervengono all'incontro nella quale si evidenzia il delicato compito di accompagnare la nuova famiglia e la necessità di calibrare di volta in volta la giusta distanza tra lontananza e invadenza. È sempre in agguato la tentazione di considerare la famiglia del figlio che si sposa come un prolungamento della propria e di assumere, nei confronti dei nipoti, il ruolo di *super genitori*, anziché favorire la genitorialità dei propri figli. Un tale rischio oggi è tanto più forte quanto più necessario è il ricorso all'aiuto dei nonni da parte dei genitori che lavorano entrambi.

Anche i genitori che hanno già qualche figlio sposato intervengono portando la loro esperienza.

L'azione pastorale mira a evidenziare la necessità di *separarsi* dal figlio/a e di creare un rapporto di *complicità* con la nuora/il genero affinché il figlio/a non si senta ostacolato nello sviluppare la storia familiare cui appartiene facendola evolvere in continuità/discontinuità con il passato e la nuora/il genero possano maturare un senso di appartenenza alla nuova famiglia di cui entrano a fare parte.

Obiettivi dell'incontro con i fidanzati

- Promuovere la consapevolezza che nel matrimonio confluiscono due storie familiari che si devono armonizzare non con il criterio del compromesso, ma dell'integrazione reciproca;

- agevolare la comprensione della necessità di maturare la capacità di guardare con simpatia il mondo della famiglia del partner per poter cogliere elementi da integrare nel vissuto della nuova famiglia;

- stimolare la percezione dell'importanza di calarsi all'interno della famiglia acquisita per comprendere appieno il coniuge e rispettarne l'identità, prevenendo così il rischio di agire nella direzione di uno sradicamento da essa, peraltro totalmente illusorio;

- avviare la consapevolezza dell'opportunità di maturare un atteggiamento critico nei confronti del vissuto della propria famiglia di origine.

Obiettivi dell'incontro con i genitori dei fidanzati

- Promuovere l'acquisizione della consapevolezza del desiderio inconscio di vivere la famiglia del figlio come espansione della propria;

- stimolare la coscienza della necessità di ricalibrare continuamente la distanza dalla famiglia del figlio per riuscire ad accompagnare senza invadere;

- sollecitare la riflessione sul proprio stile di accoglienza del genero/nuora nella propria famiglia, cioè sul proprio modo di favorire da parte di lui/lei la maturazione di un senso di appartenenza alla famiglia acquisita di cui entra a far parte;

- incoraggiare l'accettazione di un rapporto meno asimmetrico con il figlio/a sposato/a.

Metodologia di conduzione dell'incontro

Con il gruppo dei fidanzati

Il metodo dell'incontro privilegia l'ascolto empatico[27], un ascolto nel quale si cerca di condividere non semplicemente le narrazioni delle differenti esperienze vissute sia nella propria famiglia di origine che nel rapporto con la famiglia di origine del partner, ma anche e soprattutto il mutare della percezione di sé come figlio e come genero/nuora a mano a mano che si costruisce e si struttura la relazione con il partner.

La coppia di sposi che offre la testimonianza, nel raccontare la propria esperienza di relazione con le famiglie di origine (propria e del coniuge) nella condizione di sposi, non si limita, quindi, a una semplice descrizione degli accadimenti, ma mira prioritariamente a mettere a nudo i sentimenti che sono stati vissuti in quegli avvenimenti e che hanno dato vita a uno stile relazionale proprio della coppia nella gestione delle relazioni intergenerazionali.

Con il gruppo dei genitori dei fidanzati

Il metodo dell'incontro, data la peculiarità dei partecipanti all'unico incontro loro dedicato, si fonda sull'ascolto empatico[28].

Nella conduzione dell'incontro con i genitori dei nubendi, si cerca di individuare le coppie più caratterialmente disposte alla condivisione per *rompere il ghiaccio* e favorire la narrazione anche delle coppie più riservate.

Si cerca in questo modo di creare un clima di condivisione tra coppie di genitori che si incontrano tra loro per la prima volta, o addirittura tra consuoceri che si incontrano per la prima volta proprio in questo frangente.

---

[27] Cfr. H. FRANTA – G. SALONIA, *Comunicazione interpersonale*,Roma 1991, 66-77; A.R. COLASANTI, «Empatia», in J.M. PRELLEZO – C. NANNI – G. MALIZIA, ed., *Dizionario di scienze dell'educazione*, Torino 1997, 375-376.

[28] Cfr. H. FRANTA – G. SALONIA, *Comunicazione interpersonale*,Roma 1991, 66-77; A.R. COLASANTI, «Empatia», in J.M. PRELLEZO – C. NANNI – G. MALIZIA, ed., *Dizionario di scienze dell'educazione*, Torino 1997, 375-376.

Criteri di verifica e di valutazione dell'incontro

a) Criteri di verifica

I criteri di verifica dell'incontro vertono prevalentemente sull'osservazione del comportamento non verbale sia dei fidanzati sia dei loro genitori, senza escludere i messaggi comunicati a livello verbale, dando comunque priorità alla valutazione dei primi in caso di discrepanza tra i due codici di comunicazione. Come affermato da Franta-Salonia, è possibile trarre informazioni circa le reazioni dell'altro dai canali non verbali per la percezione dell'interazione in corso[29].

Si osservano quindi i seguenti codici non verbali:

- l'orientazione, la distanza, la postura;

- l'espressione del volto, la direzione dello sguardo, il contatto visivo;

- il tono della voce e la sua variazione, le pause, il ritmo e la velocità del parlare nell'esporre;

- la durata della comunicazione;

- il silenzio prima di rispondere a una domanda o a un'annotazione;

- la variazione nella continuità del discorso con eventuale intercalare di «ehm» e «ah», ripetizioni e balbettii;

- i cenni del capo e i movimenti del corpo[30].

---

[29] Cfr. H. Franta – G. Salonia, *Comunicazione interpersonale*, Roma 1981, 60-61.
[30] Cfr. H. Franta – G. Salonia, *Comunicazione interpersonale*, Roma 1981, 61-66.

Al termine dell'incontro si registrano anche i messaggi verbali sulla prima impressione avuta sull'incontro stesso.

b) Criteri di valutazione

I criteri di valutazione vertono sul confronto tra il comportamento comunicativo osservato in fase iniziale e le trasformazioni di esso nel corso dell'incontro, fino ad arrivare a quello assunto alla fine dell'incontro stesso.

Particolare rilievo viene attribuito all'osservazione del modo con cui i fidanzati e i genitori si congedano sia dall'*équipe* formativa, che tra di loro.

In sintesi la valutazione verte sull'osservazione del modo in cui i criteri sopra riportati vengono modulati dai fidanzati e dai loro genitori in itinere e in fase finale dell'incontro.

7. 7° INCONTRO

Tema: ***La fedeltà della coppia nella gioia e nel dolore, nella salute e nella malattia***

> La Parola di Dio: *«L'uomo ... si unirà a sua moglie, e i due saranno un'unica carne» (Gen 2,24).*

Il termine fedeltà indica il contenuto del consenso matrimoniale specificando la promessa di amare l'altro per la vita.

Fedeltà è il contrario di adulterio il cui significato etimologico è *ad alterum ire*, cioè *andare ad altro* e questo *altro* può essere anche costituito dai figli o dal lavoro come si è rilevato negli incontri precedenti che hanno trattato queste tematiche.

Tutto ciò che non è *con-diviso* finisce inevitabilmente per dividere.

Se adulterio è andare ad altro, fedeltà è *andare al coniuge*. Andare implica muoversi dalla propria collocazione esistenziale, lasciarla per spostarsi nel mondo dell'altro. C'è un lasciare, dunque, che non è un *privarsi di*, perché non è vissuto come rinuncia a qualcosa, ma come percezione di essere proiettato verso la relazione con l'altro per un *di più di esistenza*. La collocazione nella propria famiglia di origine si fa sempre più *stretta* a mano a mano che il rapporto con l'altro si approfondisce.

Il lasciare è finalizzato all'*andare verso*. C'è un andare verso l'altro dal quale ci si sente attratti e ci si lascia attrarre. Fedeltà è determinazione a lasciarsi attrarre dall'altro. Il proprio andare verso l'altro, allora, non è frutto soltanto dell'attrazione che l'altro esercita, ma anche dell'autodeterminazione a orientare verso di lui la propria esistenza.

Orientare la propria esistenza è un atteggiamento del cuore, è desiderio di abitare la relazione con l'altro. È un andare per rimanere, per abitare, non semplicemente soggiornare (non è la casa presa in affitto per le vacanze).

Abitare una casa significa traslocare in essa le proprie cose, quelle cose che per la propria persona sono importanti perché hanno un valore affettivo legato alla propria storia passata e/o presente. Abitare la relazione è un po' la stessa cosa, significa traslocare nella relazione con l'altro sogni, aspirazioni, progetti. Collocare nel mondo dell'altro i propri desideri in modo che diventino *nostri*. Questo trasloco non è mai compiuto, perché c'è un *divenire* personale che porta a trasformare progetti e aspirazioni e ad aggiungerne altri. Questo implica un continuo *andare al coniuge*. La fedeltà non è uno statico *fermarsi presso*, ma un incessante *andare verso*. Vista in questi termini, la fedeltà non è mai compiuta, è un trasloco esistenziale sempre in essere.

Che cosa traslocare nel mondo dell'altro, nella relazione con lui? Sogni, aspirazioni, progetti, ma anche ansie, preoccupazioni, fragilità, ..., in altri termini *gioia e dolore*. Si tratta di condividere con l'altro i propri sentimenti, cioè le ripercussioni sul proprio mondo interiore di avvenimenti e circostanze della vita. Una tale condivisione non è semplice *contagio emotivo*.

Diverso è il *con-gioire* dal *con-godere* la gioia, il *con-patire* dal *con-soffrire* il dolore. Uno stato emotivo può insorgere a seguito di un suo passaggio involontario da un soggetto all'altro senza una partecipazione all'esperienza che ne è all'origine come l'allegria in una festa o il contagio del riso o della tristezza. A fronte di un reale stato emotivo manca in questi casi una reale motivazione. Il soggetto rimane al di fuori dell'esperienza dell'altro. Non c'è una reale condivisione, ma solo una riproduzione dello stesso stato emotivo altrui[31].

Uno stato emotivo è una sensazione di generale benessere o malessere. Non è ancora un sentimento; affinché diventi tale è necessario il coinvolgimento della coscienza che lo assume responsabilmente, manifestando apprezzamento o disprezzo[32]. Assumere responsabilmente uno stato emotivo richiede innanzitutto la sua interpretazione. Si è poco abituati a esaminare la propria autopercezione nelle diverse situazioni che ci si trova a vivere. Si analizzano accuratamente le situazioni e quindi i fatti e le circostanze, ma non ci si domanda perché queste situazioni procurano determinate risonanze emotive. Vivere in coppia aiuta a fare questo tipo di discernimento e la condivisione della fede in Cristo costituisce la bussola che aiuta a orientare la propria analisi tesa a comprendere le ragioni dell'apprezzamento/disprezzo operato dalla coscienza.

A volte le ragioni di apprezzamento/disprezzo hanno delle lontane radici nel proprio vissuto emotivo pregresso. Nella relazione con l'altro è possibile far riemergere questo vissuto rispetto al quale si può assumere una posizione critica. La relazione coniugale diviene strumento attraverso il quale è possibile riappropriarsi consapevolmente del proprio passato, perché rappresenta la condizione più naturale per un serio discernimento e per un

---

[31] Cfr. M. CRUCIANI, *Teologia dell'affettività coniugale*, Cittadella, Assisi 2013, 392-401.
[32] Cfr. M. CRUCIANI, *Teologia dell'affettività coniugale*, Cittadella, Assisi 2013, 214-218.

graduale superamento di fragilità e limiti. Su questa naturale terapeuticità della relazione coniugale si innesta la grazia sanante del sacramento del matrimonio. È una terapeuticità legata all'accoglienza incondizionata che contraddistingue la relazione coniugale, un'accoglienza che crea un clima di fiducia nel quale non si teme di mostrare all'altro le proprie vulnerabilità e le proprie ferite.

Condividere l'angoscia dell'altro per una malattia che mette in pericolo la sua esistenza significa coinvolgere lo strato più profondo della propria affettività (quello della coscienza affettiva) e questo coinvolgimento può arrivare ad attivare anche il livello più periferico dell'affettività (quello sensoriale), attraverso i *neuroni-specchio*. In questo caso l'attivazione del livello sensoriale è la cartina al tornasole del proprio abitare il mondo dell'altro. La malattia costituisce una modalità limite del dolore che è opportuno rappresentare ai fidanzati come dimensione dell'esistenza umana. A volte è capitato che tale dimensione fosse già vissuta anche in forma piuttosto grave da alcuni componenti dei gruppi di fidanzati. Saper cogliere il valore della relazione coniugale nella malattia consente di sperimentare sia la funzione terapeutica della presenza dell'altro, sia la trascendenza dell'esistenza umana che va oltre la soglia della morte.

Animatori

Sacerdote + coppia guida + coppia che porta la propria testimonianza.

Situazione di partenza

Generalmente si riscontra sia una visione statica della fedeltà, intesa come un semplice stare accanto all'altro che non tiene conto del divenire della persona amata, sia una sua banalizzazione che la riduce all'esclusività dei rapporti sessuali con il coniuge.

La dimensione affettiva oggi è al tempo stesso assolutizzata e sconosciuta. C'è un generale analfabetismo affettivo che porta a confondere emozione e sentimento, contagio emotivo e condivisione di sentimenti.

Riguardo alla malattia il contesto sociale in cui viviamo tende a ignorare tale condizione dell'esistenza.

Svolgimento dell'incontro

Richiamando la formula del consenso, si chiede ai fidanzati di esplicitare il significato della fedeltà nella gioia e nel dolore.

Si passa alla trattazione della tematica stimolando l'interazione dei giovani.

In un terzo momento si presenta la testimonianza della malattia nel vissuto della coppia.

Obiettivi dell'incontro

- Far avanzare la consapevolezza della complessità dell'istanza affettiva distinguendo tra emozione e sentimento;

- incoraggiare il superamento di una visione superficiale e statica della fedeltà;

- stimolare la percezione dell'importanza di comunicare sul piano delle emozioni, per consentire all'altro di aderire al proprio mondo interiore affinché si possano condividere i propri desideri anziché fermarsi a un semplice contagio emotivo;

- aiutare ad apprezzare l'atteggiamento di condivisione della malattia come partecipazione alla sofferenza del partner e assunzione su di sé del suo dolore e non fermarsi, quindi, alla semplice assistenza medica;

- avviare il confronto con la visione della malattia come esperienza di trascendenza;

- promuovere la percezione dell'amore per il coniuge malato come segno della trascendenza della sua esistenza e di riflesso della propria trascendenza.

Metodologia di conduzione dell'incontro

Il metodo dell'incontro privilegia l'ascolto empatico[33], imprescindibile affinché i fidanzati entrino nel delicato tema dell'incontro non solo con la ragione, ma anche e soprattutto con la dimensione affettiva.

La coppia che offre la testimonianza, nel raccontare la propria esperienza delle due componenti affettive della formula del consenso (gioia e dolore), mira a far emergere nelle coppie dei fidanzati la consapevolezza della necessità di gestire responsabilmente gli stati emotivi.

Si sottolinea che la chiave di volta di tale gestione responsabile delle emozioni in una relazione coniugale è la condivisione, tanto più necessaria nei momenti di sofferenza e di malattia che segnano profondamente l'esistenza di ciascuno.

La testimonianza è resa in maniera tale da mostrare in quale modo, in questa relazione empatica della coppia, emerga l'empatia del Signore per il vissuto degli sposi.

---

[33] Cfr. H. FRANTA – G. SALONIA, *Comunicazione interpersonale*,Roma 1991, 66-77; A.R. COLASANTI, «Empatia», in J.M. PRELLEZO – C. NANNI – G. MALIZIA, ed., *Dizionario di scienze dell'educazione*, Torino 1997, 375-376.

Criteri di verifica e di valutazione dell'incontro

a) Criteri di verifica

I criteri di verifica dell'incontro vertono prevalentemente sull'osservazione del comportamento non verbale dei fidanzati, senza escludere i messaggi comunicati a livello verbale, dando comunque priorità alla valutazione dei primi in caso di discrepanza tra i due codici di comunicazione. Come affermato da Franta-Salonia, è possibile trarre informazioni circa le reazioni dell'altro dai canali non verbali per la percezione dell'interazione in corso[34].

Si osservano quindi i seguenti codici non verbali:

- l'orientazione, la distanza, la postura;

- l'espressione del volto, la direzione dello sguardo, il contatto visivo;

- il tono della voce e la sua variazione, le pause, il ritmo e la velocità del parlare nell'esporre;

- la durata della comunicazione;

- il silenzio prima di rispondere a una domanda o a un'annotazione;

- la variazione nella continuità del discorso con eventuale intercalare di «ehm» e «ah», ripetizioni e balbettii;

- i cenni del capo e i movimenti del corpo[35].

[34] Cfr. H. FRANTA – G. SALONIA, *Comunicazione interpersonale*, Roma 1981, 60-61.
[35] Cfr. H. FRANTA – G. SALONIA, *Comunicazione interpersonale*, Roma 1981, 61-66.

Al termine dell'incontro si registrano anche i messaggi verbali sulla prima impressione avuta sull'incontro stesso.

b) Criteri di valutazione

I criteri di valutazione vertono sul confronto tra il comportamento comunicativo osservato in fase iniziale e le trasformazioni di esso nel corso dell'incontro, fino ad arrivare a quello assunto alla fine dell'incontro stesso.

Particolare rilievo viene attribuito all'osservazione del modo con cui i fidanzati si congedano sia dall'*équipe* formativa, che tra di loro.

In sintesi la valutazione verte sull'osservazione del modo in cui i criteri sopra riportati vengono modulati dai fidanzati in itinere e in fase finale dell'incontro.

8. 8° INCONTRO

Tema: ***Dalla convivenza al matrimonio***

> La Parola di Dio: «*Ecco: sto alla porta e busso. Se qualcuno ascolta la mia voce e mi apre la porta, io verrò da lui, cenerò con lui ed egli con me.» (Ap 3,20)*

La celebrazione del sacramento del matrimonio, sul piano spirituale, costituisce un aprire la porta della propria casa a Cristo che bussa e desidera condividere un'intimità conviviale con la coppia.

Una tale presenza percepita e accolta porta a una risignificazione del vissuto familiare visto non più come *a parte* rispetto all'esperienza di fede intimistica, privata, individuale, ma come *presenza* tra i coniugi che accompagna, condivide e consacra.

Una tale prospettiva promuove una lettura provvidenziale della propria storia di coppia convivente e un conseguente invito a operare un salto di qualità verso la perfezione del loro amore. Consentendo a Cristo di *abitare* la propria relazione, gli sposi si mettono nella condizione di essere condotti da Lui verso la pienezza della loro coniugalità nel reciproco dono totale.

Animatori

Sacerdote + coppia guida + coppia che porta la propria testimonianza.

Situazione di partenza

Generalmente si riscontra che la quasi totalità (90% circa) delle coppie dei fidanzati è convivente.

La convinzione diffusa è che il matrimonio non apporterà novità alla relazione dal momento che vivono già la dimensione coniugale.

Percepiscono la presenza del Signore come esterna alla coppia, come *di fronte* a loro e non *tra* di loro, come se ritenessero questa presenza troppo elevata per potersi abbassare alla loro quotidianità.

Una tale visione spiega la convinzione che con il matrimonio nulla cambierà poiché il Signore, pur avvicinandosi a loro, resterà comunque esterno al sistema coppia.

Svolgimento dell'incontro

Il sacerdote introduce l'incontro presentando la coppia che ha vissuto una prolungata esperienza di convivenza prima di celebrare il sacramento del matrimonio.

La coppia presenta la propria testimonianza raccontando la storia della propria relazione. La narrazione mette in evidenza una maturazione di una relazione personale con Cristo in occasione della preparazione al sacramento del matrimonio. La frequenza degli incontri ha costituito l'opportunità di scoprire la presenza del Signore in mezzo a loro e la celebrazione del sacramento ha dato luce nuova alla loro storia di coppia. La singolarità di questa testimonianza è data anche dalla condizione di sterilità della giovane coppia che ha portato alla scelta di adottare una bimba.

Molte sono le domande rivolte dai fidanzati alla coppia che, per i suoi trascorsi e per la giovane età, sentono molto vicina a loro.

L'azione pastorale mira a evidenziare i cambiamenti di significato di gesti e circostanze del quotidiano familiare elaborati dalla coppia dopo la celebrazione del sacramento del matrimonio.

Obiettivi dell'incontro

- Stimolare il confronto con la visione secondo cui la celebrazione del sacramento del matrimonio apporta cambiamenti alla qualità della relazione orientando verso un *di più* di bene per la coppia;

- sollecitare la maturazione di un'iniziale consapevolezza del desiderio di Cristo di abitare la relazione coniugale;

- favorire il dialogo di coppia sulla percezione che i fidanzati hanno della presenza del Signore nella loro relazione;

- sollecitare il superamento di una visione della presenza del Signore come esterna alla coppia;

- promuovere l'acquisizione di un'iniziale consapevolezza della necessità di coltivare una spiritualità di coppia.

Metodologia di conduzione dell'incontro

La testimonianza della coppia di sposi che ha a lungo convissuto prima di celebrare il sacramento del matrimonio è offerta in modo da mettere in rilievo l'atteggiamento di accoglienza della comunità cristiana nei confronti delle coppie dei fidanzati, che vivono nella quasi totalità la condizione di convivenza. Si privilegia un approccio positivo alla loro condizione di conviventi evidenziando il salto di qualità verso cui il loro amore è orientato con la celebrazione del sacramento del matrimonio.

Anche in questo incontro, quindi, la metodologia è imperniata sull'ascolto empatico[36].

Criteri di verifica e di valutazione dell'incontro

a) Criteri di verifica

I criteri di verifica dell'incontro vertono prevalentemente sull'osservazione del comportamento non verbale dei fidanzati, senza escludere i messaggi

---

[36] Cfr. H. FRANTA – G. SALONIA, *Comunicazione interpersonale*,Roma 1991, 66-77; A.R. COLASANTI, «Empatia», in J.M. PRELLEZO – C. NANNI – G. MALIZIA, ed., *Dizionario di scienze dell'educazione*, Torino 1997, 375-376.

comunicati a livello verbale, dando comunque priorità alla valutazione dei primi in caso di discrepanza tra i due codici di comunicazione. Come affermato da Franta-Salonia, è possibile trarre informazioni circa le reazioni dell'altro dai canali non verbali per la percezione dell'interazione in corso[37].

Si osservano quindi i seguenti codici non verbali:

- l'orientazione, la distanza, la postura;

- l'espressione del volto, la direzione dello sguardo, il contatto visivo;

- il tono della voce e la sua variazione, le pause, il ritmo e la velocità del parlare nell'esporre;

- la durata della comunicazione;

- il silenzio prima di rispondere a una domanda o a un'annotazione;

- la variazione nella continuità del discorso con eventuale intercalare di «ehm» e «ah», ripetizioni e balbettii;

- i cenni del capo e i movimenti del corpo[38].

Al termine dell'incontro si registrano anche i messaggi verbali sulla prima impressione avuta sull'incontro stesso.

---

[37] Cfr. H. Franta – G. Salonia, *Comunicazione interpersonale*, Roma 1981, 60-61.
[38] Cfr. H. Franta – G. Salonia, *Comunicazione interpersonale*, Roma 1981, 61-66.

b) Criteri di valutazione

I criteri di valutazione vertono sul confronto tra il comportamento comunicativo osservato in fase iniziale e le trasformazioni di esso nel corso dell'incontro, fino ad arrivare a quello assunto alla fine dell'incontro stesso.

Particolare rilievo viene attribuito all'osservazione del modo con cui i fidanzati si congedano sia dall'*équipe* formativa, che tra di loro.

In sintesi la valutazione verte sull'osservazione del modo in cui i criteri sopra riportati vengono modulati dai fidanzati in itinere e in fase finale dell'incontro.

9. RITIRO SPIRITUALE FINALE

<u>*Tema*</u>*:* ***La grazia del sacramento del matrimonio***

> La Parola di Dio: «*Nel timore di Cristo siate sottomessi gli uni agli altri: le mogli lo siano ai loro mariti, come al Signore; il marito infatti è capo della moglie, così come Cristo è capo della Chiesa, lui che è salvatore del corpo. E come la Chiesa è sottomessa a Cristo, così anche le mogli lo siano ai loro mariti in tutto. E voi, mariti, amate le vostre mogli, come anche Cristo ha amato la Chiesa e ha dato se stesso per lei, per renderla santa, purificandola con il lavacro dell'acqua mediante la parola, e per presentare a se stesso la Chiesa tutta gloriosa, senza macchia né ruga o alcunché di simile, ma santa e immacolata. Così anche i mariti hanno il*

dovere di amare le mogli come il proprio corpo: chi ama la propria moglie, ama se stesso. Nessuno infatti ha mai odiato la propria carne, anzi la nutre e la cura, come anche Cristo fa con la Chiesa» (Ef 5,21-29)

Amare l'altro come Cristo ama la Chiesa:

- la libera
- la rende bellissima (Ef. 5)[39].

L'amore coniugale partecipa di quest'amore di Cristo e dunque porta in sé le stesse potenzialità.

Il tema viene attualizzato in modo tale da renderlo fruibile per una meditazione personale e una condivisione di coppia. A tale scopo viene utilizzato il testo della canzone di Angelo Branduardi *L'apprendista stregone* come qui di seguito riportato.

Tali spunti di riflessione vengono brevemente illustrati e consegnati a ciascuna coppia per la loro meditazione.

Spunti di riflessione

"***Col mio cuore di matita correggerò gli errori fatti dal tempo***" (A. Branduardi):

si arriva al matrimonio con un vissuto di amore (genitori, parenti, amici), ma anche di sofferenza, di ferite inferte dalla vita (fragilità, meccanismi di difesa, blocchi psicologici, malattia).

---

[39] Cfr. A. MARTIN, «Attestazioni bibliche sul matrimonio: nuove piste di ricerca. Osservazioni su 1Cor 7,1-16; Mt 19,1-9 [e 5,31-32]; Ef 5,21-33, in ATI, *Sacramento del matrimonio e teologia: un percorso interdisciplinare*, Glossa, Milano 2014, 37-69.

La relazione con il coniuge è una relazione sanante. Attraverso la relazione col coniuge è possibile ricostituire giorno dopo giorno un vissuto personale più integro nella consapevolezza che, attraverso questa relazione, passa la grazia sanante del sacramento.

Proposta per il confronto di coppia:

Mi guardo dentro: osservo le mie ferite.

Mi impegno: presento le mie ferite al tuo cuore di matita perché tu le possa correggere.

"***Sul manoscritto l'inchiostro sarò e mi avrai nero su bianco***" (A. Branduardi):

amare è donare se stessi, totalmente, senza riserve né censure. È consegnarsi integralmente all'altro nella totalità della propria esistenza. I sogni, i progetti, le aspirazioni sono parte integrante della propria esistenza. Anche questi entrano nell'offerta di sé all'altro.

In una donazione autentica, radicale, il dono è offerta libera e gratuita di sé, nasce dal *nulla*, non è un contraccambio per qualcosa che si è ricevuto, ma l'espressione del proprio voler essere accanto all'altro con tutto se stesso.

Proposta per il confronto di coppia:

Mi guardo dentro: osservo i miei sogni.

Mi impegno: ti affido i miei sogni perché tu mi possa aiutare a realizzarli.

"***Saranno gli occhi o i tarocchi, però saprò quello che ancora non so***" (A. Branduardi):

nell'amore facciamo esperienza di essere conosciuti da un altro che vede di noi quello che noi stessi non abbiamo mai visto prima. *Tu non puoi vedere la tua nuca* (proverbio africano). C'è un'identità nuova che emerge nella relazione con l'altro. A volte però facciamo resistenza ad accettare quello che l'altro dice su di noi e sulla nostra vita. Questo significa che in quel momento o per quell'aspetto di noi non adottiamo il punto di vista dell'altro e non riusciamo a vedere quello che lui vede di noi.

Solo nell'amore si trova la verità e perciò solo lasciandoci amare, *sottomettendoci all'amore,* riusciamo a vedere la verità di noi stessi.

Proposta per il confronto di coppia:

Mi guardo dentro: osservo la mia capacità di accogliere la conoscenza che l'altro ha di me, cioè la mia disponibilità a guardarmi dal suo punto di vista per vedere di me quello che lui vede.

Mi impegno: mi guarderò con i tuoi occhi per conoscermi nel profondo.

"***Ci sarò e non ci sarò, continuerò la mia invisibile danza, senza tracce sulla neve lieve sarò***" (A. Branduardi):

abitare con discrezione il mondo dell'altro, facendo attenzione a non infrangere i suoi sogni, a non ferire la sua sensibilità. *Esserci* per aiutarlo a essere sempre di più se stesso, a esistere in pienezza sviluppando le sue potenzialità. *Non esserci* per lasciare che sia lui a esprimersi, perché a venire fuori siano le sue potenzialità e non quelle che noi ci aspettiamo da lui.

Solo l'amore, il desiderio cioè che l'altro esista in pienezza, può insegnare a camminare nel mondo dell'altro con passo soave, a danzare la propria vita sulla neve dei sogni dell'altro, senza lasciare buche o scavare solchi con il proprio passaggio.

Proposta per il confronto di coppia:

Mi guardo dentro: osservo il mio muovermi nel mondo dell'altro.

Mi impegno: avrò cura delle tue emozioni.

"***Avrà il silenzio la voce che ho e mani lunghe abbastanza***"

"***Ti parlerò con ogni fragile accento***" (A. Branduardi):

comunicare è un'arte che bisogna avere cura di imparare.

Si tratta di imparare prima di tutto ad ascoltare per poter accogliere l'altro. Tacere non solo con le parole, ma anche con il pensiero, per accogliere l'altro così com'è e arrivare, quindi, a cogliere la profondità del suo essere.

Nel parlare, poi, si deve usare un *fragile accento*. Mai giudicare l'altro, ma far notare il suo errore esprimendo la risonanza emotiva negativa del suo gesto in noi, con la ferma convinzione che, nel porre quel gesto che mi ha ferito, la sua intenzione era buona.

Proposta per il confronto di coppia:

Mi guardo dentro: osservo il mio stile comunicativo.

Mi impegno: a cercare sempre la tua buona intenzione, anche dietro i gesti che mi possono dispiacere.

"***Mi dirai di sì o mi dirai di no***" (A. Branduardi):

Proposta per il confronto di coppia:

Mi guardo dentro: osservo in profondità le mie intenzioni.

Mi impegno: **Ti sposerò ogni giorno.**

Animatori

Sacerdote + coppia guida + tutte le coppie che hanno portato la propria testimonianza durante i precedenti incontri.

Situazione di partenza

Generalmente i fidanzati, per la maggior parte non praticanti, non hanno esperienza di ritiri spirituali. Il loro disagio è evidente, ma il clima di calorosa accoglienza, creato attorno a loro dalla comunità parrocchiale man mano che prendono posto nei banchi a loro riservati, scioglie la tensione e li fa sentire a casa loro.

Svolgimento del Ritiro spirituale

La giornata del Ritiro spirituale si articola in tre momenti:

1° momento: partecipazione del gruppo dei fidanzati alla Messa domenicale parrocchiale delle ore 10.00 (messa dei bambini e ragazzi del catechismo e delle loro famiglie) durante la quale le coppie di fidanzati vengono presentati alla comunità e ricevono dal Celebrante la benedizione dei fidanzati;

2° momento: condivisione conviviale del pranzo, nel quale si consuma quanto ciascuna coppia di fidanzati ha preparato;

3° momento: incontro di spiritualità articolato in

- meditazione del sacerdote che introduce il tema del ritiro;

- spunti di riflessione per la meditazione personale e di coppia proposti dalla coppia guida;

- tempo per la meditazione personale e di coppia;

- condivisione finale in gruppo.

Obiettivi del Ritiro spirituale

- Avviare i fidanzati a un'esperienza di preghiera di coppia;

- promuovere la percezione dell'attinenza della parola di Dio alla propria vita sia personale che di coppia;

- stimolare l'apprezzamento dell'intensità della preghiera comunitaria nella celebrazione liturgica;

- aiutare a cogliere l'importanza della visione di fede condivisa nella dinamica di coppia;

- sollecitare il confronto con la prospettiva provvidenziale cristiana nell'interpretare la propria storia personale e di coppia.

Metodologia di conduzione dell'incontro

In ciascuna delle parti in cui è articolato il ritiro spirituale (Messa, pranzo e incontro di spiritualità con le riflessioni personali, di coppia e di gruppo) si cerca di creare un clima familiare in cui i ragazzi si possano sentire a casa loro nella comunità parrocchiale che li accoglie.

Si mira cioè a far superare il disagio dei fidanzati derivante dalla loro scarsa frequenza alle celebrazioni liturgiche e dalla loro condizione di convivenza, che li porta a percepirsi inadeguati al contesto liturgico-spirituale.

In questo sono facilitati anche dall'aver sperimentato l'atteggiamento accogliente dell'*équipe* formativa durante tutto il percorso di accompagnamento.

Criteri di verifica e di valutazione dell'incontro

a) Criteri di verifica

I criteri di verifica dell'incontro vertono prevalentemente sull'osservazione del comportamento non verbale dei fidanzati, senza escludere i messaggi comunicati a livello verbale, dando comunque priorità alla valutazione dei primi in caso di discrepanza tra i due codici di comunicazione. Come affermato da Franta-Salonia, è possibile trarre informazioni circa le reazioni dell'altro dai canali non verbali per la percezione dell'interazione in corso[40].

Si osservano quindi i seguenti codici non verbali:

- l'orientazione, la distanza, la postura;

- l'espressione del volto, la direzione dello sguardo, il contatto visivo;

- il tono della voce e la sua variazione, le pause, il ritmo e la velocità del parlare nell'esporre;

---

[40] Cfr. H. FRANTA – G. SALONIA, *Comunicazione interpersonale*, Roma 1981, 60-61.

- la durata della comunicazione;

- il silenzio prima di rispondere a una domanda o a un'annotazione;

- la variazione nella continuità del discorso con eventuale intercalare di «ehm» e «ah», ripetizioni e balbettii;

- i cenni del capo e i movimenti del corpo[41].

Al termine dell'incontro si registrano anche i messaggi verbali sulla prima impressione avuta sul ritiro e sull'intero percorso di accompagnamento vissuto dai fidanzati.

b) Criteri di valutazione

I criteri di valutazione vertono sul confronto tra il comportamento comunicativo osservato in fase iniziale e le trasformazioni di esso nel corso del ritiro, fino ad arrivare a quello assunto alla fine del ritiro stesso.

Particolare rilievo viene attribuito all'osservazione del modo con cui i fidanzati si congedano sia dall'*équipe* formativa, che tra di loro.

In sintesi la valutazione verte sull'osservazione del modo in cui i criteri sopra riportati vengono modulati dai fidanzati in itinere e in fase finale del ritiro.

---

[41] Cfr. H. FRANTA – G. SALONIA, *Comunicazione interpersonale*, Roma 1981, 61-66.

TERZA PARTE

VERIFICA DEGLI OBIETTIVI FINALI DEL PERCORSO DI ACCOMPAGNAMENTO

In relazione agli obiettivi finali programmati, si ritiene che i seguenti comportamenti delle coppie di fidanzati dopo la celebrazione del loro matrimonio, siano idonei a evidenziarne il raggiungimento:

- tendenza a fare gruppo e a mantenere rapporti di amicizia per continuare lo scambio iniziato durante il percorso condiviso tra di loro e con l'*équipe* formativa anche tramite mail;

- offerta spontanea di disponibilità a dare la propria testimonianza ai successivi gruppi di coppie di fidanzati che si preparano al matrimonio;

- partecipazione all'*équipe* formativa e a tutto il gruppo degli eventi significativi della loro vita di sposi quali gravidanze, nascite, battesimi;

- risposta positiva all'invito a partecipare, durante la festa della Sacra Famiglia, a una delle messe parrocchiali durante le quali ogni anno c'è la rinnovazione delle promesse matrimoniali e la benedizione delle fedi nuziali degli sposi presenti;

- risposte alle mail di auguri inviate dalla coppia guida in occasione del Natale e della Pasqua;

- partecipazione a una delle messe parrocchiali festive per le coppie di sposi che restano in zona, e, per quelle trasferitesi in altre zone di Roma, partecipazione occasionale a una delle messe parrocchiali festive per mantenere un contatto con la comunità parrocchiale che li ha accolti e accompagnati al matrimonio;

- richiesta di colloquio con il sacerdote e/o con la coppia guida per un confronto personale e/o di coppia;

- inserimento nei percorsi di spiritualità coniugale attivati in Parrocchia;

- partecipazione a una delle attività parrocchiali (*caritas*, oratorio, scuola calcio parrocchiale, gruppo teatrale ecc.).

BIBLIOGRAFIA

BASTIANEL, S., «Coscienza: autonomia e comunità», in Id., *Moralità personale nella storia. Temi di morale sociale*, Il Pozzo di Giacobbe, Trapani 2011, 233-248.

BASTIANEL, S., «Libertà e responsabilità nella vita familiare», in Id., *Moralità personale nella storia. Temi di morale sociale*, Il Pozzo di Giacobbe, Trapani 2011, 249-269.

BENANTI, P., *Amerai*, Cittadella, Assisi 2014.

BOSONI, M.L., «Uomini, paternità e lavoro: la questione della conciliazione dal punto di vista maschile», in *Sociologia e Politiche Sociali*, XIV, 3/2011, 63-86.

BRENA, G.L., «Misericordia e verità», in A. SPADARO, *La famiglia ospedale da campo*, Queriniana, Brescia 2015, 135-148.

COLASANTI, A.R., «Empatia», in J.M. PRELLEZO – C. NANNI – G. MALIZIA, ed., *Dizionario di scienze dell'educazione*, Torino 1997, 375-376.

CRUCIANI, M., *Teologia dell'affettività coniugale. La forma cristica della fedeltà in una prospettiva rinnovata delle virtù*, Cittadella, Assisi 2013.

FRANCESCO, Esortazione apostolica *Amoris laetitia*,

http://w2.vatican.va/content/francesco/it/apost_exhortations/documents/papa-francesco_esortazione-ap_20160319_amoris-laetitia.html

FRANTA, H. – SALONIA, G., *Comunicazione interpersonale*, Libreria Ateneo Salesiano, Roma 1981.

GATTI, G.,«Progressività dello sviluppo morale e pedagogia di gradualità», in ID., *Educazione morale, etica cristiana,* LDC, Leumann 1994, 71-85.

LACROIX, X., *Le corps et l'esprit.* Cambridge 2001; trad. italiana, *Il corpo e lo spirito. Sessualità e vita cristiana*, Edizioni Qiqajon, Magnano 1996.

LEMAIRE, J.G., *Vita e morte della coppia,* Cittadella, Assisi 1981.

LOSSO, R., *Psicoanalisi della famiglia*, Franco Angeli, Milano 2013.

MARTIN, A., «Attestazioni bibliche sul matrimonio: nuove piste di ricerca. Osservazioni su 1Cor 7,1-16; Mt 19,1-9 [e 5,31-32]; Ef 5,21-33, in ATI, *Sacramento del matrimonio e teologia: un percorso interdisciplinare*, Glossa, Milano 2014, 37-69.

SALONIA, G., *Genitori con*, Cittadella, Assisi 2017.

YÁÑEZ, H.M., *Il discernimento morale*, Dispense del Professore.

YÁÑEZ, H.M. «Indifferenza o solidarietà? La moralità personale come cammino di riconoscimento», in *Rivista di Teologia Morale* 181(2014), 49-61.

INDICE

Printed by Books on Demand GmbH, Norderstedt / Germany